LA RÉVC

CW00515923

ERIK ORSENNA

de l'Académie française

La Révolte des accents

STOCK

Illustrations : Montse Bernal/www.zegma.com

© Éditions Stock, 2007.
ISBN : 978-2-253-12400-9 – 1re publication LGF

Pour Vincent Calmettes,
le capitaine du port.

I

BONS YEUX DEMANDÉS
POUR
REGARDER LA MER

Comme tout le monde, je cherchais un travail pour l'été. Forcément (très) mal payé. Mais (si possible) pas (trop) rébarbatif. À propos, savez-vous que ce joli mot, *rébarbatif*, qui veut dire « désagréable », « repoussant », vient du vieux français *se rebarber*, « s'affronter barbe contre barbe » ?

Je m'égare. Si je vagabonde ainsi, jamais nous ne parviendrons en Inde, puisque c'est en Inde que va nous conduire mon histoire. À condition qu'elle ne déraille pas. Sait-on jamais, avec les histoires ? Les histoires sont comme les trains, ou comme les amours : qui peut les contrôler ?

Donc, à la boulangerie, dans cette enivrante odeur de chocolat, de frangipane et de croissant chaud, je consultais le tableau des petites annonces. Il y avait là, rassemblées et punaisées, toutes les manières possibles de s'ennuyer à mourir en juillet et août pendant que vos amis s'amusent sur la plage : baby-sitter de jumeaux (garantis bien élevés), vendeuse de super-marché (rayon aquariums ou luminaires), shampoui-neuse (ongles courts obligés), hôtesse d'accueil au Grand Salon International de la tondeuse à gazon (formation assurée)…

C'est dire si, à peine aperçu, j'arrachai le carton réclamant une bonne vue. Curieuse comme je suis, le poste était pour moi. Malheur à celui ou celle qui s'aviserait de me le voler. Je courus à l'adresse indi-quée : Capitainerie 3, quai Lapérouse.

*
* *

Une foule m'avait précédée, des garçons et des filles de mon âge et d'autres bien plus âgés. La concur-rence s'annonçait rude. On se bousculait, on se battait presque. Deux policiers avaient bien du mal à calmer les candidats. M. Cascavel, le marchand de lunettes, s'approcha. Il monta sur une caisse.

– Un peu de silence ! Ou j'annule tout.

Les cris s'apaisèrent peu à peu.

– Bon. Le capitaine du port a besoin d'un adjoint.

– Ou d'une adjointe !

– Quelqu'un qui sait voir au loin.

– Ou quelqu'une !

Je n'avais pas pu m'en empêcher. C'est plus fort que moi. Quand on oublie que les filles existent, je hurle !

Le marchand de lunettes m'avait reconnue.

– Tout le monde sait que tu fouines partout, Jeanne.

Regarder, vraiment regarder, c'est autre chose. Vous êtes prêts ?

Un formidable « oui » lui répondit, une clameur qui, j'en suis sûre, résonna dans la ville entière et réveilla nos rois de la sieste, nos ancêtres amateurs de rhum et les plus endormis de nos gros chiens.

– Bon. J'ai suspendu un panneau sur la tour, juste en dessous de l'horloge. Qui peut lire la phrase ?

Mes concurrents, très vite, protestèrent.

– C'est trop loin !

– Pourquoi pas l'accrocher sur la lune ?

Ils s'acharnaient, fronçaient les sourcils, se raviaient le front.

– Impossible !

– Inhumain !

Leur colère montait, ils grondaient, ils allaient jusqu'à insulter le soleil.

– Voilà qu'il nous aveugle, celui-là !

– Dites-lui de s'écarter !

Certains, je les connaissais : ils ne savaient même pas lire. C'était pour eux le plus facile. Ils ânonnaient, ils inventaient n'importe quoi.

– « Derrière l'horizon brillent des palais. »

Ou :

– « Les cachalots sautent si haut qu'ils gobent des mouettes. »

– Pas du tout, répétait M. Cascavel sans perdre son calme. Aucun rapport, au suivant.

Vous me prendrez pour une prétentieuse, mais j'avais confiance. Le regard est un muscle. Je l'avais exercé depuis l'enfance. Je suis tellement gourmande de voir… Il me semble que dans le ventre de ma mère j'écarquillais déjà les yeux. Un à un, mes rivaux ont renoncé. Furieux. Un grand a même failli frapper notre marchand de lunettes.

– J'ai compris ton manège, vieux bouffon !

– Pardon ?

– Tu veux nous faire passer pour de quasi-aveugles ! Histoire de nous fourguer ta camelote.

Une fois encore, les agents de police ont dû intervenir pour le protéger. Le temps de reprendre des couleurs (M. Cascavel est un homme minuscule et fragile, à ne pas sortir par vent trop violent, il serait brisé, peut-être même emporté, dispersé…), il se tourna vers moi. J'étais restée presque seule. Pour lire le panneau, je pris ma voix la plus neutre, la plus impersonnelle :

– «Elle souffle ! Elle souffle ! Une bosse comme une colline de neige ! C'est Moby Dick ! »

Mes ennemis s'exclamèrent :

– Quelle idiote !

– Encore à raconter n'importe quoi !

Et lorsqu'ils devinèrent, au sourire de M. Cascavel, que j'avais triomphé, leurs commentaires gagnèrent encore en méchanceté.

– On le savait déjà : ce concours est arrangé !

– Oui, Jeanne est une tricheuse !

– Pire, une sorcière !

M. Cascavel hocha la tête. J'espère que personne ne l'entendit murmurer :

– Sorcière, je ne sais pas. Mais redoutons ses pouvoirs…

Toujours est-il que notre cher marchand de lunettes rendit son rapport à la mairie. Il s'achevait par ces lignes sans appel : «Jamais, de toute ma longue carrière, je n'ai rencontré des yeux aussi puissants.»

Et le soir même j'étais nommée adjointe. Adjointe stagiaire d'un drôle de capitaine.

II

C'est M. Cascavel qui, le lendemain matin, me présenta mon patron. Il ressemblait à une pierre. Une pierre qui n'avançait pas droit. Elle penchait tantôt sur bâbord, tantôt sur tribord. Une pierre aussi large que haute et habillée en marin, pantalon sombre et veste sombre ornée d'innombrables boutons dorés. La partie supérieure de la pierre était la tête du personnage, une tête de forme carrée, de couleur plutôt rougeâtre, creusée de rides profondes et percée en son milieu de deux trous bleus : les yeux. Ses mains aussi étaient deux morceaux de pierre. Jamais je n'avais touché quelque chose de plus rugueux, à vous écorcher la paume. Comment faisait-il, ce monsieur, pour caresser la joue de sa femme sans qu'elle saigne ? Sa voix avait l'air de présenter des excuses pour toute cette rudesse. Une voix timide, presque craintive.

– C'est donc vous, le regard le plus perçant de l'île ?

– Il paraît.

Je m'étais renseignée sur lui.

Fernando Juvenal, dit «le danseur», avait commencé comme mousse, à douze ans, et gravi un à un tous les échelons jusqu'à la passerelle des officiers.

Il avait sillonné toutes les mers, sur tous les bateaux imaginables, et transporté d'un bout à l'autre de la planète tout ce qui pouvait se vendre (et s'acheter), les marchandises autorisées et les autres, les interdites, les dangereuses, les redoutables... Comment un tel accro du mouvement perpétuel supportait-il de ne plus embarquer? Son métier actuel de «capitaine de port» ne pouvait que le désespérer.

Je ne savais pas que les ports avaient besoin d'un capitaine. Mon nouveau patron, le bloc de pierre, voulut bien m'expliquer.

– Qu'est-ce qu'un port, Jeanne?

– Un endroit de la terre où les bateaux reviennent après leurs voyages.

– C'est aussi l'endroit d'où ils repartent. Un port est une ville habitée par des gens qui ne tiennent pas en place.

– Jusqu'à présent, je vous suis.

– Les gens qui ne tiennent pas en place ont besoin d'un capitaine, autrement ils font n'importe quoi. Regarde.

Dans le chenal, deux chalutiers, l'un entrant, l'autre sortant, avaient failli se heurter. Les équipages s'insultaient. Et, le long du marché, quai Lapérouse, des voiliers s'étaient entassés. On ne voyait plus l'eau tellement ils étaient serrés. Pourraient-ils se dégager un jour les uns des autres?

– J'ai pris une journée de vacances. Tu vois le résultat!

– Je vois.

– Ne perdons pas trop de temps.

– Où allons-nous?

– Un bon capitaine doit prendre de la hauteur. Alors Jeanne, tu es prête pour le déménagement ?

Il n'était pas prévu dans la petite annonce, celui-là. Moi qui déteste porter des choses lourdes… Je réussis tout de même à faire bonne figure.

– Je suis prête à tout, capitaine, enfin presque tout !

– Ne t'inquiète pas, Jeanne : un marin n'a jamais beaucoup de bagages.

Il me montra un gros cartable, un fauteuil tournant en très vieux cuir éraflé et une caisse pleine de cartes du monde. Nous nous mîmes en marche, aidés par un matelot en tricot rayé, sans doute un haltérophile : il tenait le fauteuil à bout de bras. Bientôt des chats se joignirent à nous, une bonne dizaine. Le capitaine me les présenta comme ses amis personnels.

Mes craintes se trouvèrent vite confirmées. Nous nous dirigions vers le vieux phare.

– Allons, Jeanne, ne fais pas cette tête. D'accord, il va falloir monter. Mais qu'est-ce que cent quatre-vingt-treize marches, à ton âge ?

J'étais en charge du cartable géant. Dix fois, durant l'escalade, je crus que mon cœur allait exploser. Je me préparais au pire. J'imaginais les titres des journaux : « Morte à son premier jour de travail ». L'haltérophile n'avait pas mes soucis. Il grimpait en chantant à tue-tête : « Elle court, elle court, la maladie d'amour ». L'acoustique du lieu devait lui plaire. Les chats suivaient. On aurait dit un serpent de fourrure enroulé autour de l'axe de l'escalier. Nous avons fini par atteindre le sommet. Le tricot rayé haltérophile nous attendait, tranquillement assis dans le fauteuil tournant.

– Vous n'avez plus besoin de moi ?

Il est reparti comme il était venu. Il avait seulement changé de chanson : « Les filles, tu sais, méfie-toi ! Elles sont toutes belles, belles, belles ! ». Nous avons entendu longtemps sa voix résonner. On aurait dit qu'elle rebondissait, se brisait contre les pierres et les mots se mélangeaient : « Les filles… pas ce que tu crois… un jour fiston… belles, belles, belles… ».

*

* *

– Nous voilà chez nous, dit le capitaine.

– Moi, je veux bien. Mais… où est la mer ?

La lanterne se trouvait bien là, au centre de la chambre ronde, semblable à l'œil d'un insecte immense. Mais on ne voyait rien dehors car tous les murs étaient peints en un drôle de blanc, un blanc mêlé de gris. Un gris enrichi de nombreuses nuances verdâtres.

– Ce n'est rien, Jeanne. Nos amis les oiseaux marins ont les intestins fragiles. Ils se sont quelque peu oubliés. Un peu de ménage et il n'y paraîtra plus.

On peut dire que j'ai mérité la vue. J'ai gratté, gratté comme une folle, gratté jusqu'au soir. Et, peu à peu, les « murs » se sont révélés des vitres. Rien ne colle mieux sur du verre, je vous jure, que la merde des mouettes, des goélands et des fous de Bassan !

Au fur et à mesure que je décapais apparaissaient les îles de l'archipel et, au-delà, le bleu profond du grand large.

– Il faut avouer que c'est mieux comme ça. Merci, Jeanne !

– De rien. Mais que cachez-vous dans le cartable ?

– Je n'ai pas de secret pour toi.

J'ai ouvert le cartable. J'ai saisi une sorte de bretelle. J'ai tiré. Une grosse boîte noire est sortie, en gémissant. Un soupir déchirant. De frayeur, j'ai failli la laisser tomber. C'est alors, alors seulement, que j'ai reconnu un accordéon.

– Pourquoi cet instrument plutôt qu'une trompette ou un violon ?

– L'accordéon est le meilleur ami du marin. Il souffle comme le vent, il grince comme les poulies, il fait danser comme les vagues. Le mien s'appelle Oscar. Il ne m'a jamais quitté.

– Et pourquoi le cacher avec tant de précautions ?

– Nous habitons un pays de guitares, Jeanne. Si elles apprennent que je les trahis avec lui (il montrait Oscar), elles sont capables de tout. Leur douceur n'est qu'apparente. Furieuse, une guitare peut se déchaîner.

Il jeta un regard circulaire. Notre installation parut le satisfaire.

– Parfait ! Nous pouvons commencer à travailler.

– Et quel sera mon travail, justement ?

– Guetter. On nous a signalé des pirates.

– Et comment les reconnaîtrai-je ? Il y a tant de bateaux sur l'eau…

– À toi de jouer. Regarder, bien regarder, c'est aussi deviner.

*
* *

Je ne croyais pas du tout à cette histoire de pirates.

Les capitaines de port ont beau répéter qu'ils aiment, qu'ils adorent leur nouveau métier immobile, ils gardent la nostalgie de la navigation. Où qu'ils habitent, ils se croient toujours en mer. Le vieux phare servait de navire à mon patron, et je lui prêtais mes yeux puisqu'il avait usé les siens à trop scruter le large.

Entouré par l'horizon, il retrouvait ses habitudes. Il demandait aux nuages si une tempête se préparait. Il enfilait un gilet de sauvetage au cas où…

Pour lui faire plaisir, de temps en temps je jouais les inquiètes, voire les effrayées :

– Oh la la ! Ce cargo ne me dit rien qui vaille.

Ou :

– Cette voile est trop rouge pour être honnête !

Branle-bas de combat.

Les chats se dressaient sur leurs pattes de derrière pour tenter d'apercevoir quelque chose.

*
* *

Nous sommes restés un mois entier au sommet du vieux phare. Toute la journée, je demeurais seule, en compagnie des chats. Je mourais d'envie qu'ils me racontent leurs histoires. Mais rien à faire. J'avais beau leur caresser le menton ou leur tirailler les moustaches, ils ne sortaient pas de leur sommeil. Alors, faute de mieux, je me brûlais les yeux à guetter la mer vide. En bas, dans la ville, le capitaine s'occupait de

ses affaires. À cinq heures précises, j'entendais ses pas dans l'escalier.

– Quoi de neuf, Jeanne ?

– Aucune présence à l'horizon.

Les chats s'étiraient, un à un ils se réveillaient et s'installaient en rond autour du fauteuil où s'asseyait Fernando. Il sortait l'accordéon.

– D'où vient le vent, Jeanne ?

– Est nord-est, capitaine, comme d'habitude.

– Parfait ! Les guitares n'entendront pas.

Et il commençait à jouer.

– Je vais te confier un secret, Jeanne. Ne le répète à personne. Grâce à la musique, on voit plus clair, plus loin qu'avec les yeux. On dirait que les notes prennent le regard sur leur dos et l'emportent au loin, là où il a besoin de voir.

Je hochais la tête :

– Bien sûr, capitaine ! Évident, capitaine ! La science expliquera bientôt tous ces phénomènes étranges…

Je voulais tant me convaincre. Il me faisait tellement de peine avec ses rêves épuisés…

Et, l'espace d'un moment, Fernando, le capitaine du port, revivait le bon vieux temps, lorsqu'il commandait un vrai bateau, sur des eaux vraiment dangereuses, infestées de vrais pirates, comme au large de la Somalie ou dans le détroit de Malacca entre la Malaisie et l'île de Sumatra.

III

– Une jonque, dans le 270 !

Une fois de plus, Fernando voyageait dans sa mémoire. Vous ai-je appris qu'il avait baptisé chacun de ses chats d'une aventure de sa vie, un amour, une tempête, un trafic particulièrement rémunérateur ? L'un se nommait Catherine, un deuxième Courant des aiguilles, un troisième Kalachnikov… Chacun leur tour, il les appelait sur ses genoux.

– Allez, viens, Tobago, ça fait longtemps que nous n'avons pas évoqué les Caraïbes.

Et, le chat ronronnant, le capitaine ravi, ils demeuraient de longues heures à se souvenir du bon vieux temps, à louvoyer dans cette partie-là du passé…

Ce jour-là, le capitaine s'entretenait avec l'un de ses favoris, Sakhalin. Qu'avait-il bien pu vivre dans cette île sinistre du nord du Pacifique où les tsars avaient installé un bagne ?

– Une jonque, dans le 270 !

Sakhalin n'eut que le temps de sauter à terre, Fernando se dressait déjà pour aller chercher Oscar.

– Regarde, Jeanne, je t'en supplie, regarde ! Rien n'est plus dangereux qu'un bateau chinois.

– Je vois… je vois… attendez… je vois de drôles de marins.

– J'en étais sûr, il faut donner l'alerte !

– Attendez… il y a des femmes.

– Ruse ! Ruse grossière ! Les femmes pirates sont les plus cruelles !

– Elles sont deux, une vieille, une jeune, elles portent de longues robes et, comme c'est curieux, des sortes de coiffes dans les cheveux.

– Personne n'est plus sournois qu'un pirate.

– Les hommes, mon Dieu qu'ils sont beaux, surtout un jeune, très jeune, quel sourire ! On le dirait habillé comme au Moyen Âge : une blouse ouverte, un pantalon qui s'arrête aux genoux, ensuite des bas blancs, comme ils brillent au soleil ! Mon Dieu, quels jolis mollets, j'ai toujours adoré les mollets ! Je peux vous poser une question ?

– Oui, Jeanne, mais vite, l'heure est grave.

– Tous ces vêtements, d'un autre âge… Certains bateaux…

– Ta question, Jeanne, ta question !

– Et si c'était un bateau venu des temps anciens ?

– Allons donc ! le passé est dans nos têtes. Ce n'est pas un continent particulier.

– Alors, s'ils ne sont pas des pirates…

– Ils sont… des comédiens !

Quel mot le capitaine du port n'avait-il pas prononcé là ?

Les chats se mirent à gronder, poils hérissés. Certains crachaient même. Nul besoin d'être bien maligne pour deviner que la jalousie les avait envahis. Comment lutter contre le théâtre ? Si le théâtre arrivait dans l'île, les chats perdaient toute utilité... Oscar lui-même, abandonné sur le sol, semblait désespéré.

Fernando ne se tenait plus. Il avait bondi sur la terrasse, il hurlait et gesticulait.

En bas, sur le port, on se demandait d'où venaient ces cris. Personne n'avait l'idée de lever la tête. Enfin quelqu'un montra le sommet du phare. Maintenant, la ville entière accourait.

Mon patron avait coiffé sa casquette pour se donner plus d'autorité :

– Vite, une jonque arrive ! Qu'on me déplace cette grosse vedette prétentieuse ! Mais bien sûr, quai Jules-Verne, anneau 25, la place d'honneur ! Dépêchez-vous, ce soir, c'est fête !

*
*　*

– Mais que fais-tu, Jeanne ?

– Je descends avec vous, capitaine. Juste saluer la jonque.

– Tu n'y penses pas, Jeanne ! Et ta mission ?

– Vous savez bien que nous avons joué à nous faire peur : les pirates ont disparu depuis longtemps !

– Ce que je sais, c'est que le malheur choisit souvent une fête pour s'introduire dans une ville.

– S'il vous plaît, capitaine, laissez-moi leur souhaiter la bienvenue ! Rien qu'une petite heure ! J'ai toujours rêvé d'être comédienne !

– Eh bien tu continueras à rêver. Si tu avais voulu être comédienne, ce qui s'appelle vouloir, vraiment vouloir au lieu d'en rêvasser vaguement, tu le serais déjà.

Et le capitaine me laissa là, en seule compagnie de la lanterne éteinte, d'Oscar et des chats jaloux. Il devait leur avoir donné des ordres. Ils me regardaient méchamment. Ils s'étaient regroupés devant l'escalier. Pas question pour moi d'abandonner mon poste.

C'est donc du haut de mon phare que j'ai vu arriver puis accoster la jonque, sous les acclamations de la population. De là-haut que j'ai assisté à l'installation des décors, place de la mairie. De là-haut que j'ai entendu les trois coups : je me penchais tellement que j'ai failli tomber.

Il ne m'a pas fallu longtemps pour reconnaître ma pièce préférée, *Roméo et Juliette*, la plus belle et la plus triste des histoires d'amour.

L'amour est une fumée formée des vapeurs de soupirs
Purifié, c'est un feu dans les yeux des amants
Agité, une mer nourrie de leurs larmes.

Je maudissais ma mauvaise, très mauvaise idée d'avoir répondu à la petite annonce. Je me suis installée dans le fauteuil. De colère, je me suis bouché les oreilles. Peine perdue ! On n'a pas besoin de tympans pour entendre ce qu'on connaît par cœur.

– Que ne suis-je ton oiseau ?

– Mon doux cœur que ne l'es-tu ? Il est vrai que je te tuerais par trop de caresses.

Je me suis fermé les yeux, à double tour : paupières bien closes et, pour plus de sûreté, paumes par-dessus.

Je ne voulais plus voir ce comble, ce concentré, cet apogée du ridicule : mon frère, oui, mon frère Thomas, installé au premier rang, la bouche ouverte, la mine idiote, à l'évidence transi d'amour pour la trop vieille-fausse blonde qui jouait Juliette. Seule excuse : vus de haut, les autres spectateurs ne paraissaient pas plus intelligents. On aurait dit des poissons, une assemblée de poissons, gobant les mots que leur lançaient les acteurs. Un moment, j'ai balayé du regard le reste de la ville. Elle était vide comme, je crois bien, l'île entière. Plus âme qui vive ni dans les rues, ni dans les champs, ni sur les plages. Tous, hommes et femmes, enfants, adultes ou ancêtres, tous et toutes avaient quitté l'ordinaire de leurs vies pour se précipiter au théâtre.

Tous et toutes, sauf une petite silhouette, là-bas, qui allait, venait, lentement sur la digue. Profitant des derniers rayons du soleil, je parvins à la reconnaître : Mme Rigoberta, la marchande d'épices. Pratique et prudente comme elle était, en bonne commerçante, elle avait dû se renseigner :

– De quoi parle votre pièce ? D'amour ? Quelle horreur ! Ne comptez pas sur moi !

Depuis que son mari l'avait, un jour de pluie, laissée en seule compagnie de trois enfants et d'une montagne de dettes, elle avait tué en elle ce qui, de près ou

de loin, s'apparente à un sentiment. Tué à jamais et un à un, comme on écrase du talon une armée de cafards, tout souvenir et tout espoir. Donc pas question pour elle d'assister au spectacle de la passion entre Roméo et Juliette.

*

*   *

Bien sûr, je n'ai pas résisté longtemps.

Moi aussi, j'ai regardé.

Moi aussi, j'ai pleuré.

Mon Dieu comme j'ai pleuré. Pleuré lorsque l'ami Tybalt est mort, il n'avait pas dix-sept ans. Versé toutes les larmes lorsque mon presque amant Roméo a succombé au poison. Et trouvé d'autres larmes encore lorsque Juliette s'est poignardée pour accompagner ce suicide. Où les ai-je d'ailleurs trouvées ces larmes, je croyais les avoir toutes versées ? Dans quelle région cachée de mon corps, dans quelle réserve à chagrin ?

Moi aussi j'aurais tout donné pour que Roméo lève un instant la tête vers moi, prisonnière de mon imbécile de phare, et me sourie, ébloui. Pourtant, les bruns à peau luisante ne sont pas mon type. Qu'importe ? J'étais prise, captivée, ensorcelée.

Et lorsque la pièce s'est achevée,

Car jamais il n'y eut plus douloureux récit
Que celui de Juliette et de son Roméo

personne, à l'étonnement ricanant des mouettes qui continuaient de tournoyer autour du phare, personne n'a crié plus fort bravo. Et je me suis endormie d'un coup. Les spectateurs n'avaient pas tous quitté leur siège que j'avais plongé dans le sommeil. Pas question de tarder pour retrouver le seul pays où, grâce aux rêves, ressuscitent Juliette et aussi Roméo.

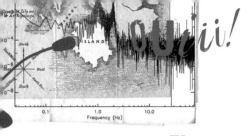

IV

Avouons notre défaut majeur : le bruit. Faire du bruit est notre sport national.

Des experts de l'Organisation Mondiale de la Santé un jour sont venus analyser notre île, des femmes et des hommes en blouses blanches et voitures climatisées. Ils ont installé partout des micros, dans les rues, dans nos maisons, jusque sous le lit de nos chambres à coucher. Ils ont mesuré notre vacarme. Ils ont trouvé un chiffre qui les a effrayés. Alors ils nous ont enfoncé des lampes dans les oreilles. Ils voulaient comprendre pourquoi nous n'étions pas sourds à force de vivre dans un tel fracas, record du monde. Ils sont repartis, sans avoir compris, et nous prenant pour des fous.

Il faut dire que, dès le lever du soleil, ça s'anime, chez nous ; ça discute ; ça s'interpelle ; ça fait frire les œufs ; ça essaie son moteur ; ça chantonne fort à l'école les tables de multiplication ; à l'église, on ne s'entend plus entre les cantiques et les cloches ; au marché, on hurle les prix ; à la mairie, les fiancés ne peuvent s'en empêcher : ils crient le « oui » qui les marie à jamais.

Et la nuit ne vaut guère mieux. À peine le soleil tombé, les orchestres s'activent et la musique prend

31

possession de la nuit. Vous savez bien que la musique est la meilleure alliée contre la peur du noir.

– Ne vous inquiétez pas, mes enfants, nous a dit Don Luis, notre maire, après le départ des experts. L'Organisation Mondiale ne nous fera rien changer à nos habitudes. Chacun sa civilisation et chacun ses bruits. À eux la voiture et la télévision, à nous le reste ! Continuons ! Que diriez-vous, samedi prochain, d'inventer de nouveaux tambours ?

*
* *

Ce matin-là, après le théâtre, l'île ne résonnait que des bravos de la veille. Mais les anciens bravos ne font pas plus de bruit que les souvenirs. Avez-vous déjà entendu le bruit d'un souvenir ?

Jamais l'île ne nous avait connus plus silencieux.

Quelle activité est plus muette que le rêve ?

Les plus jeunes, les enfants, rêvaient qu'ils avaient pris soudain assez d'années pour vivre l'amour représenté sur scène. Les plus vieux, les voisins de la tombe, rêvaient qu'ils avaient retrouvé la vigueur d'aimer. Quant à ceux qui avaient juste l'âge de l'histoire, les adolescents, ils rêvaient qu'ils avaient rencontré qui sa Juliette, qui son Roméo, et s'émerveillaient de leur bonheur.

Bref, tout le monde rêvait.

Et, chacun cherchant à continuer son sommeil pour prolonger son rêve, l'île entière, alors que le soleil s'était depuis longtemps levé, dormait.

Étonnés par ce vide inconnu, cette atmosphère

sans aucun son, les animaux, les éléments et les choses rivalisaient de discrétion : l'eau coulait dans le ruisseau plus souplement que jamais, sans remous ni glouglous ; le vent se retenait d'agiter les palmes des arbres ; malgré les courants d'air, les portes refusaient de s'ouvrir, pour ne pas grincer ; nos coqs, eux-mêmes, pourtant habitués à criailler n'importe quand, la bouclaient, et même les horloges disaient l'heure sans la sonner.

V

– Mes piments !

Mme Rigoberta occupe au marché la place numéro 32, une boutique étroite et pourtant nommée prétentieusement.

> *Le sel de la vie*
> *Herbes, épices et condiments*

C'est grâce à cette dame, c'est par son cri que le charme du théâtre fut rompu et le drame révélé.

– Mes piments ! Ou sont passes mes piments ?

Elle trouva bizarre la phrase qu'elle venait de prononcer mais ne prit pas le temps de réfléchir à cette bizarrerie. De plus en plus énervée, elle continua de farfouiller dans le désordre des cageots et des sacs.

Elle s'était levée la première car la première elle s'était couchée. Comme nous savons, elle détestait le théâtre, surtout lorsqu'il parle d'amour.

M. Henri, notre quasi-centenaire, le roi de nos musiciens, se tenait devant la boutique. Il souriait. Comme toujours. Sur son visage, on aurait dit qu'une guerre avait éclaté jadis entre le sourire et les rides.

Les rides progressaient d'année en année. Mais le sourire (pour combien de temps ?) continuait de sortir vainqueur. M. Henri était le plus fidèle des clients de Mme Rigoberta. Hélas aussi le moins rentable : chaque jour, il ne lui achetait qu'un oignon, jamais deux, et rien d'autre. Et chaque jour, elle le grondait.

– Vous ne mangez pas assez, monsieur Henri.

– Quand on vieillit, la vie rétrécit. Elle a de moins en moins besoin de nourriture.

– Mais pourquoi un oignon ?

– C'est bon pour les yeux de pleurer, et les oignons font pleurer sans tristesse.

– Dans ce cas, pourquoi un seul oignon ?

– Il ne faut pas trop pleurer. Autrement, la vraie tristesse arrive.

M. Henri venait de comprendre que ce matin-là n'était pas comme les autres. Son sourire perpétuel s'évanouit.

– Que se passe-t-il, Rigoberta ?

Trop occupée à se lamenter – une plainte qui se changeait en cri, de plus en plus aigu –, la pauvre femme ne lui répondit pas.

– Et mon poivre ? Et mes echalotes ? Et mon celeri ? Et mon safran ? Et mon cumin ? Et mes reglisses ? Au secours, je suis devalisee !

Avec son tact habituel, M. Henri n'insista pas. Il se contenta de poser sa main droite sur son épaule. Une main légère comme un oiseau. Souvent, toucher, effleurer même, vaut mieux que parler.

Et, de toute la très petite vitesse que lui permettaient ses vieilles jambes et son cœur épuisé, il s'en alla prévenir Don Luis, notre maire.

Lequel, manifestement, venait de se réveiller : son bonnet de nuit blanc à pompon toujours vissé sur son crâne en témoignait. Fernando partageait avec lui le café brûlant du petit déjeuner ainsi que ces petits pains ronds creusés d'une vallée en leur milieu et que, pour cette raison, nous appelons des «fesses». Et moi, profitant du sommeil des chats, j'avais réussi à m'échapper. Pas rancunière, j'étais venue rapporter à mon patron la veste qu'il avait oubliée. Gentiment, le maire m'avait demandé de rester.

– Tu dois etre affamee, Jeanne ! Le guet, ça creuse.

Les deux amis se congratulaient.

– Quel talent, ces acteurs ! Quel amour, cette Juliette ! Bravo, mon cher !

– Je suis seulement capitaine du port, pas organisateur de spectacles.

– Tu aurais pu refuser l'autorisation d'entrer. La jonque est un bateau dangereux, d'habitude. Tu as un flair unique !

C'est alors que M. Henri se présenta, avec sa douceur coutumière :

– Monsieur le maire, cher capitaine, pardon de vous deranger, Rigoberta…

– Et alors ?

– Quelqu'un lui a vole toutes ses epices !

Don Luis sursauta. N'importe qui d'autre n'aurait sans doute rien remarqué. Mais avant de régner sur notre île, notre maire avait, vingt ans durant, exercé la noble fonction d'instituteur. Les questions de langue, de grammaire, de ponctuation étaient sa passion.

– Voyons, Henri ! Comment parles-tu, aujourd'hui ?

– Mes dents, sans doute, l'absence de dents.

– J'espere.

Don Luis arracha son bonnet. Depuis que la mer, année après année, rongeait nos collines, avalait nos arbres, effondrait nos maisons, la disparition était sa hantise.

– Vous n'avez pas releve ? Mon Dieu, moi aussi je suis contamine.

– Que se passe-t-il ?

– Les epices ne sont pas les seules…

– Pardon ?

M. Henri et le capitaine du port le fixaient, terrorisés. L'un s'était mis à trembler, l'autre se mordait les lèvres au sang.

– Il me semble… je ne voudrais pas… je crois bien que les accents, nos accents aussi, oui, c'est bien ça, se sont revoltes. Et le pire, c'est qu'ils m'avaient prevenu.

– Comment ça ?

– Approchez-vous. Personne ne doit nous entendre.

VI

«Depuis quelque temps, les accents grognaient. Ils se sentaient mal aimes, dedaignes, meprises. A l'ecole, les enfants ne les utilisaient presque plus. Les professeurs ne comptaient plus de fautes quand, dans les copies, ils etaient oublies. Chaque fois que j'en croisais un dans la rue, un aigu, un grave, un circonflexe, il me menaçait.

«– Notre patience a des limites, Don Luis. Un jour, nous ferons la greve. Attention, Don Luis, notre nature n'est pas si douce qu'il y parait. Nous pouvons causer de grands desordres.

«Je ne les prenais pas au serieux. Je me moquais :

«– Une greve, allons donc ! Et qui ça derangerait, une greve des accents ?

«Je sentais bien monter leur colere. Je ne croyais pas qu'ils preparaient quelque chose.

«J'en suis certain, quand j'y pense, c'est l'affaire des ordinateurs qui a tout declenche. Dis-moi, Jeanne, tu ne voudrais pas aller me chercher une petite biere ? Les aveux, ça donne soif.»

Il ne me fallut que cinq minutes pour revenir avec sa mousse. L'instant d'après, le verre était vide.

Il continua son histoire avec les lèvres toutes blanches.

« Le fournisseur s'est trompe. Il a livre au college des ordinateurs de langue anglaise : aucun accent sur le clavier.

« Nos amis se sont rues chez moi. J'ai eu le tort, le tres grand tort de ne pas les prendre au serieux. J'ai eu le tort, le tres grand tort de leur dire qu'il valait mieux des ordinateurs sans accents que pas d'ordinateur.

« Ils m'ont fait la leçon et puis ils m'ont insulte.

« – Chaque langue a sa logique, Don Luis. Libre a l'anglaise et a l'americaine de vivre sans accents. Mais toi, tu nous as trahis. Dorenavant, c'est la guerre. »

Lorsque notre maire eut fini, M. Henri réagit le premier.

– Comme c'est etrange, murmura-t-il.

– J'ai ressenti la meme chose, répondit le capitaine du port.

– Et moi aussi, ajoutai-je. Mais qui faisait attention à moi en ces moments graves ?

Ils se sont expliqués. J'ai hoché la tête : ils parlaient pour moi.

Nous avions moins écouté l'histoire de Don Luis que frissonné en entendant ses phrases auxquelles manquaient les accents : leur absence *éteignait* les mots. On aurait dit que notre langue française avait, soudain, perdu tout élan, tout éclat, toute lumière.

VII

– Mes chers amis, j'ai une nouvelle epouvantable.

La grande salle de la mairie, où s'échangeaient les oui des mariages, était pleine. Le maire n'avait pas l'habitude de réunir sans raison grave. Jamais depuis les luttes terribles contre le dictateur Nécrole[1] il n'avait ainsi convoqué tous les habitants de l'île. Nous nous étions assis deux, trois par chaise, ou par terre. Quelques-uns étaient même montés dans le frangipanier pour regarder par la fenêtre. Pauvres ventilateurs ! Ils grinçaient à fendre l'âme. C'était sans doute leur manière de protester : quel métier plus bête que le nôtre ? nous répétaient-ils. À quoi sert d'agiter de l'air torride ? Comment imaginer que d'un tel brassage imbécile puisse venir la moindre fraîcheur ?

– Oui, une vraie calamite !

La salle murmura : quelle est donc cette manière de parler ? Une fiancée sauvage l'a-t-elle mordu en l'embrassant ? On sait que notre maire, malgré son âge, est resté très chaud lapin, ah, ah ! Ce n'est pas Mme Raymonde, ni Mme Gilberte, ni Mlle Rose-Marie qui nous contrediront, ah, ah, ah !

---

1. Voir *La grammaire est une chanson douce*, Le Livre de Poche n° 14910.

Don Luis s'épongea le front et reprit :

– La jonque nous a vole nos accents.

– Et nos epices, hurla Rigoberta, qui tentait à grands coups de coude de se frayer un chemin dans la foule.

On se regarda, sans comprendre. Pourquoi notre maire s'angoisse-t-il tellement ? Les accents, la belle affaire ! Nous avons perdu nos accents, et alors ? On pouvait s'attendre à bien plus grave, un tsunami, une épidémie…

Le maire reprit la parole.

– Les epices, helas, nous savons trop ce que notre cuisine leur doit. Mais les accents ? Quelle est l'utilite d'un accent ? Et qu'est-ce qu'un accent, au fond ? Puisque nous avons la chance d'avoir parmi nous une savante en matiere de langage, je la prie de bien vouloir nous expliquer.

Tout le monde se tourna vers notre chère inspectrice, l'irremplaçable Mme Jargonos.

Elle rougit un peu et se leva. Comme elle avait changé ! Elle, si maigre autrefois, si aiguë, si pointue, s'était arrondie. Depuis l'échec de ses fiançailles avec Dario[1], elle avait trouvé refuge dans la gourmandise. Elle passait son temps à table. Nos chefs l'invitaient à venir tester leurs recettes. Elle n'avait pas sa pareille pour suggérer qu'il manquait deux pincées de poivre à ce gratin dauphinois ou qu'avec un carré de chocolat jeté dans la sauce, le coq au vin serait plus onctueux…

– Les accents, puisque vous ne le savez pas…

---

1. Voir *Les Chevaliers du Subjonctif*, Le Livre de Poche n° 30536..

La salle sursauta. Mme Jargonos parlait comme si elle voulait fouetter. C'était sa voix d'avant, avant l'amour et avant la gastronomie, sa voix de squelette.

– Les accents sont des signes diacritiques. Pour les ignorants, je rappellerai que ce mot vient du grec *diacritikos*, « qui distingue ».

Vous imaginez le brouhaha ! Ça grognait, ça pestait sur toutes les chaises, ça commençait à protester : « Qu'est-ce qu'elle raconte ? » « Tu y comprends quelque chose ? »

– Le signe diacritique peut être placé sur, sous, dans, après, devant un graphème ou tout autour...

Le maire jugea bon d'intervenir.

– Madame Jargonos ! Nous n'avons rien contre la belle langue grecque, mais un peu de clarte, s'il vous plait !

Elle était lancée.

– On parle alors de diacritique suscrit, souscrit, inscrit, adscrit, prescrit ou circum...

Elle s'arrêta net. Regarda autour d'elle, lentement, les yeux écarquillés, comme quelqu'un qui ne sait plus où il est. Balbutia :

– Pardon ! De temps en temps, le jargon me reprend, je vous assure, on dirait des crises, semblables au paludisme. Pardon. Je recommence.

Elle inspira fort.

– Les accents sont des signes qui se placent sur certaines voyelles ou certaines consonnes pour en indiquer la prononciation exacte. Sans accent, tous les « e » sembleraient tomber du cul de la poule, alors qu'il y a des « é », des « è », des « ê »...

La salle apprécia :

– Voila qui est mieux !

– Merci, madame Jargonos ! Vous voyez que vous pouvez quand vous voulez !

Elle continua.

– Les accents servent aussi à empêcher la confusion de certains mots : « a » sans accent (du verbe « avoir ») doit être distingué de « à » avec accent (préposition : « je vais à la pêche »). L'ancien français ne connaissait pas les accents. Notre langue avait tout d'un beau fouillis. À l'écrit comme à l'oral. On se trompait tout le temps. Alors des écrivains, des grammairiens et des imprimeurs commencèrent, aux alentours des années 1530-1550, à inventer ces signes.

– Passionnant !

– Meme moi, je comprends !

– Le principal inventeur des accents fut Jacques Dubois. Pour faire savant, il se faisait appeler Jacobius Sylvius. Il commença comme professeur de lettres, puis s'orienta vers l'anatomie : il passait ses journées à disséquer les cadavres. Ce qui ne l'empêchait pas, la nuit, de créer des accents. Nous lui devons l'accent grave, le circonflexe et aussi l'apostrophe, vous savez, cette virgule placée en haut et à droite d'un mot pour indiquer qu'on a fait disparaître une lettre, « l'âme » au lieu de « la âme », « l'eau » au lieu de « la eau »…

Mme Jargonos fut applaudie.

Quelqu'un cria :

– Vous avez remarque ? Elle parle normalement, elle, les accents ne l'ont pas quittee.

D'autres voix se firent entendre :

– C'est vrai, ça ! Ce ne serait pas elle, la voleuse, des fois ?

GRAMMAIR
FRANÇOISE.
SUR
UN PLAN NOUVEAU
Avec un Traité de la prononcia
des *e*, & un Abregé des Regle
de la Poësie Françoise.

NOUVELLE ÉDITION

Revue, corrigée, & augmentée

Par le Père BUFFIER, de la Compagnie de

– Rendez-nous nos accents, sorciere !

Mme Jargonos ne perdit pas son calme.

– Peut-être que j'aime trop la grammaire. Elle fait partie de moi, elle me donne la mesure, comme mon cœur ; elle relie tous les morceaux de moi, comme mon sang ou mes muscles. La grammaire est comme ma vie. Et puisque les accents font partie de la grammaire, ils ne sortiront de moi qu'à ma mort.

De nouveau, tout le monde l'applaudit.

Sauf M. Labourdette, notre horloger. Il se dressa soudain et, pointant un doigt vengeur vers notre inspectrice, il s'exclama :

– Oubli !

C'est ainsi qu'il s'exprimait, par des mots sans phrase, «pour gagner du temps». C'était l'une de ses obsessions. Il luttait sans relâche, et d'ailleurs sans aucun succès, contre notre incomparable talent à justement le perdre, notre temps. Son autre bataille, également perdue, il la menait contre notre génie du désordre. Il aurait tant voulu une île bien rangée et peuplée seulement de gens pressés !

– Oubli ! Presentation incomplete ! Oubli accent breton ! Oubli accent marseillais !

Mme Jargonos ne se laissa pas démonter.

– L'accent dont vous parlez, si je vous ai compris, par exemple l'accent breton de quelqu'un parlant français ou son accent marseillais ou son accent alsacien, cet accent-là n'est-il pas une manière particulière de prononcer la langue française ?

Plusieurs voix approuvèrent.

– Exact !

– Elle a raison !

– Une manière particulière de parler qui se *distingue* de toutes les autres.

Elle avait appuyé sur ce mot.

– Tout ce qui *distingue*, les signes sur les lettres ou les façons de s'exprimer, appartient à la famille des accents. Et tel est le sens du mot grec *diacritique* : ce qui distingue.

– Voila qui est clair !

– Merci, madame Jargonos !

L'assistance se dispersa en soupirant.

– Quelle belle chose que les accents !

– Qu'allons-nous faire sans eux ?

– Et sans nos epices ?

– Je me sens bien seule !

– Viens, je vais te rechauffer.

– Pretentieux !

VIII

De retour dans son bureau, où je l'avais suivi, bien sûr (vous commencez à me connaître, vous savez comme je suis curieuse et donc collante : les curieux veulent toujours se trouver là où quelque chose se passe, au risque de déranger), notre maire tomba sur le capitaine du port.

Fernando se tenait là, affalé dans le plus grand des fauteuils, et parlait, oui, parlait à son poing fermé.

– Ah, ah, on fait moins les fiers, maintenant ! Alors, les agneaux, vous avouez ?

Le capitaine du port nous expliqua que, passant quai Magellan, il avait remarqué deux accents qui prenaient le soleil perchés sur un hauban. D'un geste brusque, comme on saisit les mouches, il avait réussi à les capturer.

Et de nouveau, il s'adressa à son poing.

– Bon ! Ma patience a des limites. Si vous me racontez ce que vous savez, j'accepte de vous liberer. Autrement…

– Autrement ?

– Autrement ?

On avait entendu deux petites voix terrorisées.

– Autrement, il se pourrait que, par un geste involontaire, je vous ecrase.

Une petite voix hurla :

– Chantage ! Assassin !

L'autre petite voix supplia :

– J'accepte ! Nous acceptons !

Don Luis alla fermer la fenêtre, pour plus de sûreté. Alors Fernando se leva et s'avança. Il posa sa main sur le bureau et ouvrit lentement, très lentement, l'un après l'autre, les doigts. Les deux accents allèrent se réfugier sur le gros encrier.

Le premier, nous le reconnûmes tout de suite : un bon vieux circonflexe bien de chez nous : ^. Mais le second, qui lui ressemblait, personne ne l'avait rencontré : ˇ.

– Qui es-tu, toi ? demanda le maire.

– S'il vous plaît, s'époumona le circonflexe, on parle poliment à Kljukica ou vous ne saurez rien !

– Tres bien, pardon. Mais qu'est-ce que c'est, Klu... comment dis-tu ?

Alors cette Kljukica nous raconta, avec douceur, qu'elle venait de Slovénie, «pays d'ours, de montagnes et de lacs». Qu'elle s'était récemment échappée du dictionnaire d'une traductrice venue sur

l'île en vacances, «Mme Tanja Lesničar-Pučko, vous pouvez vérifier». Que «dans la langue slovène, je ne me pose que sur certaines consonnes pour en changer la prononciation : č se dit [tch], š se dit [ch] et ž se dit [je]». Et que «sur votre très joli port, j'ai rencontré Circonflexe et que, depuis, nous nous aimons et voilà».

Cette déclaration toute simple nous avait enchantés.

C'est presque avec timidité, en tout cas avec déférence, que le maire demanda aux deux amoureux s'ils avaient vu quelque chose du hold-up.

*

*   *

– La vérité…

C'est Kljukica qui avait pris la parole. Elle se tenait, toute mince, toute frêle, posée sur le vaste encrier qui devait lui sembler une montagne, juste à côté de la pendule, pour elle géante, une véritable usine. À ses côtés, Circonflexe se contentait de sourire, l'air béat, en murmurant : «Elle a raison, elle a beau être une étrangère, je ne pourrais pas dire mieux.»

Sur ces deux accents, ^ et ˇ, pas plus grands que des insectes, trois hommes et une fille (moi) étaient penchés : Don Luis, le maire, Fernando, le capitaine du port, et M. Henri. Imaginez un peu : des cils qui vous paraissent longs comme des branches d'arbre, des narines profondes comme des gouffres et huit yeux énormes, le tout à vingt centimètres de vous… n'importe qui aurait frissonné. Pas Kljukica. D'un ton ferme, elle commença son récit.

– La vérité, c'est que la jonque n'a rien volé du tout.

– Écoutez-la bien, dit Circonflexe, ça s'est passé exactement comme elle va vous le dire.

Nous retenions notre souffle. Kljukica a toussé pour s'éclaircir la gorge. On aurait entendu voler une libellule, creuser une taupe, pousser une rose.

«Deux heures du matin venaient de sonner à votre église Saint-Jérôme (je vous rappelle que c'est le patron des traducteurs car il a traduit la Bible de l'hébreu au latin). Dans la jonque, aucun acteur n'arrivait à se coucher. Chez les théâtreux, on a toujours du mal à gagner son lit. On repousse le moment. On discute sans fin du spectacle. On se distribue les bons et les mauvais points, les compliments exagérés : "Ma chérie, où, mais où vas-tu chercher ces émotions-là ? Décidément, tu es géniale !" et les attaques sournoises : "Quelle belle voix tu aurais si tu ne parlais pas tant du nez ! Tu es enrhumée ou quoi ?"...

«C'est alors que les épices arrivèrent, un cortège d'épices peu à peu alignées sur le quai. Aucune ne manquait. Elles étaient toutes là. Les plus connues, les célèbres : la cannelle, le clou de girofle, le curry, le gingembre, les piments, les poivres... Mais aussi les secrètes, les oubliées : l'anchor (qu'on fabrique avec la chair de la mangue) ou la férule persique (une plante de la famille des ombellifères)...

«Une épice se détacha du groupe.

«– Ohé, la jonque ! Je m'appelle Curcuma et je préside le syndicat.

«– Quel syndicat ?

«– La Confédération générale des épices. Je voudrais parler à votre directeur.

«Devant tant de solennité, les comédiens s'esclaffèrent. Le plus vieux d'entre eux les fit taire et s'approcha de Curcuma.

«– Je m'appelle Vilar et j'ai la lourde charge de cette équipe.

«– Emmenez-nous, emmenez-nous avec vous !

«– Et pourquoi donc ? demanda M. Vilar.

«– Nous n'en pouvons plus de ce vent, ce vent si fort et si régulier, ce vent si lisse, pour cette raison appelé alizé ! À force de souffler sur notre île, il nous rabote tous nos parfums ! Emmenez-nous, s'il vous plaît ! Nous faisons le même métier : vous illuminez la vie comme nous illuminons la nourriture !

«Les comédiens se regardèrent : ces épices ont raison. Elles sont des nôtres ! Bienvenue à bord ! Vous allez réveiller nos repas !

«Dans un grand désordre joyeux, les épices montèrent sur la jonque.

«M. Vilar frappa dans ses mains.

«– Allez, tout le monde à son poste ! Paré à larguer les amarres ?

«– Paré !

«– Larguez ! »

– Quelle histoire !

– Decidement, nous habitons une ile etrange.

– Pour ne pas dire cinglee !

– Moi, je comprends les epices, dit M. Henri. Je comprends aussi ce M. Vilar. J'ai trouve que ses comediens jouaient un peu fade. Leurs invitees vont leur redonner de la vigueur, vous allez voir !

– Tout cela ne nous dit pas comment les accents sont partis, bougonna le maire.

– Si vous aviez la politesse d'écouter la fin de mon histoire, vous le sauriez, dit Kljukica.

Les trois hommes se confondirent en excuses et elle poursuivit.

«Nous avons suivi la jonque jusqu'au bout de la jetée. C'est alors que, du haut du ciel, une toute petite voix s'est fait entendre.

«– Oh, s'il vous plaît, emmenez-nous aussi !

«Roméo a allumé une torche. De son pinceau de lumière, il a balayé les voiles. Tous les accents de l'île étaient là, accrochés à la toile : les graves, les aigus, sans oublier les étrangers, les tildes espagnols, les esprits rudes et doux de la vieille langue grecque. Et aussi les circonflexes, excepté mon Circonflexe à moi, bien sûr. Tous, ils suppliaient.

«– S'il vous plaît, laissez-nous vous accompagner ! Plus personne ne s'intéresse à nous sur l'île.

«– Pourtant, nous sommes comme vous, les épices !

«– Et comme vous, les comédiens !

«– Nous réveillons les phrases !

«– Sans nous, vous avez entendu comme la langue française est fade ?

«– Morne.

«– Plate.

«– Insipide.

«– Monotone.

« On ne s'entendait plus. On se serait cru dans une volière. Chaque accent y allait de son argument, de son adjectif. M. Vilar a réfléchi un assez long moment, puis a hoché la tête.

« – Permission accordée ! J'espère seulement que vous n'avez pas le mal de mer. Mais maintenant je n'accepte plus personne ! Notre troupe est au complet ! Cap au 125 !

« D'un seul élan, tous les accents ont volé vers lui. Face à ce nuage noir, un autre se serait enfui. Pas M. Vilar. Il avait compris que tous les accents venaient l'embrasser. »

*

* *

– Et vous deux, demanda le maire, pourquoi n'avez-vous pas embarque ?

Le pauvre Circonflexe piqua un fard. Rien n'est plus surprenant qu'un accent qui devient couleur coquelicot. On dirait qu'il clignote : on n'a d'yeux que pour lui. Plus il rougit et plus il fait effort pour ne pas rougir et plus sa rougeur s'affirme.

Kljukica répondit à sa place.

– Nous avions autre chose à faire.

– Et quoi donc, si toutefois je puis me permettre ?

– Mais nous aimer, bien sûr !

M. Henri les regardait tendrement.

– J'ai connu ça. Je vous plains, mes pauvres amis. Vous allez voir comme l'amour fait souffrir.

Il sourit et répéta :

– Je vous plains mais, plus encore, je vous envie.

IX

– Ne perdons pas de temps ! Poursuivons la jonque !

Le maire avait écarté les jambes, comme s'il montait un cheval, et il avait levé le bras droit, comme s'il commandait une armée. Malheureusement pour lui, la double rondeur de sa tête chauve et de son bedon, le gros œuf qui boursouflait sa chemise, juste au-dessus de sa ceinture, l'empêchait de paraître farouche. Un ton plus fort, il répéta :

– Rattrapons la jonque !

Le souffle de sa voix faillit emporter les deux accents. Ils se rattrapèrent par miracle au bord du bureau. Il se pourrait même que ses postillons les aient aspergés.

– Malotru ! rugit Kljukica. Vous pourriez faire attention ! Manifestement, les humains de cette île n'ont aucune éducation !

– Malotru ! bégaya Circonflexe.

– Qu'on me debarrasse de ces microbes ! Et qu'on m'arraisonne cette jonque de malheur !

– Comment veux-tu ? répondit le capitaine du port. Je n'ai que des pirogues et des marins d'eau calme.

– De toute manière, c'est une mauvaise idée, reprit Kljukica.

– Que dit-elle ?

– Je dis que les accents sont des oiseaux. Et comme les oiseaux, ils sont libres. S'ils ont décidé d'abandonner les mots de votre île, personne ne pourra les forcer à revenir.

– Elle a raison, dit M. Henri.

– Quant aux épices de chez vous, j'ai tenté de vous l'expliquer, elles sont usées. Anémiées, vannées, vidées. Fanées. À quoi sert de rapporter des épices sans parfum ?

La violence militaire de Don Luis était retombée d'un coup. Adieu le glorieux général ! Il n'était plus qu'un homme perdu qui tentait, en se pétrissant le crâne, d'en faire surgir une stratégie.

– Que faire, mon Dieu, que faire ?

M. Henri avait pris sa guitare. La vieillesse, qui avait engourdi ses jambes, n'avait pas encore atteint ses doigts. Ils se promenaient sur les cordes avec toujours autant d'agilité. M. Henri leur avait demandé d'aller au loin farfouiller dans ses souvenirs. Un souvenir, comme vous le savez, est souvent le père d'une idée.

– Il y a longtemps, bien longtemps…

On aurait dit qu'il s'était mis à chanter.

– Oh, je revois… oui… attendez… il y avait une foule, et des parfums, tellement de parfums, et des acteurs, des musiciens… ça y est, je me rappelle !

– Un festival ? demandèrent d'un même souffle Don Luis et Fernando.

– Oui, une rencontre internationale d'accents et d'epices, quelque part en Inde.

Jusque-là, bouleversée par tous ces événements, j'étais demeurée muette, malgré ma folle nature de bavarde. Cette fois, je ne pus me retenir.

– J'y vais. Le prochain bateau du courrier arrive dans deux jours, je le prendrai.

– Je pars avec toi, dit Kljukica. En Slovénie, tout le monde rêve d'aller en Inde

– Et moi aussi, dit Circonflexe.

– S'il n'y a pas d'autres solutions, je veux bien financer le voyage, dit le maire. Seulement…

– Seulement ?

– Jeanne, je compte sur toi. Tu negocieras des prix reduits pour nos deux accents. Notre mairie n'est pas riche. Ils n'occupent pas beaucoup de place. Pas question de payer pour eux deux billets plein tarif.

Une lettre de Tom m'attendait sur mon lit.

« Ma sœur, souhaite-moi bonne chance ! M. Vilar m'a embauché comme souffleur. Ce n'est qu'un début, une carrière glorieuse m'attend. Vive le théâtre ! »

L'un des problèmes, avec les frères, c'est qu'ils changent de rêves sans arrêt. Un jour, ils s'imaginent musicien, le lendemain footballeur, la semaine suivante milliardaire dans l'informatique… Comment s'y retrouver ? Comment leur faire confiance ? Connaissez-vous quelqu'un de plus fatigant qu'un frère ?

X

Avant de partir, j'ai voulu
revoir notre phare. Comme si
j'attendais de lui quelque chose,
un secret, un conseil. C'était mon
premier voyage, vous comprenez ?
J'avais peur.

Quand je suis arrivée en haut
des marches, il m'a semblé que
je dérangeais : l'accordéon
paraissait en grande discus-
sion avec un des chats.
Chiloé, Bréhat, Gorée ?
Je ne me rappelais plus
son nom. Il m'a
lancé un regard
noir.
Heureusement un
bruit a détourné son attention.
Un très désagréable cliquè-
tement métallique et
répété, assorti de
grincements.

Le vacarme venait du coffre à cartes marines. Un rat, une horloge qui part en vrille, des engrenages devenus fous? Courageusement, j'ai plongé la main. J'ai aperçu une machine à écrire. Une machine à l'ancienne. Un gros cube noir creusé au centre, des touches rondes et blanches. Je me suis reculée, juste à temps pour ne pas les recevoir en plein visage.

J'ai d'abord cru à des insectes, du genre libellule, en plus long, plus pointu, plus rigide. Elles se sont mises à voler, à toute vitesse, dans la pièce ronde. Elles se heurtaient à la lanterne. Elles devenaient dangereuses. Oscar grognait de peur. Évidemment elles voulaient sortir. J'ai ouvert une fenêtre. Elles se sont échappées. Elles n'ont pas hésité longtemps. Ont piqué vers l'ouest, vers l'Inde. Comme si elles me montraient le chemin.

Qui étaient-elles?

Je l'ai compris peu après, en revenant vers la machine à écrire. Il y avait des trous dans le clavier. À l'évidence, des touches manquaient. Je n'ai pas eu de mal à deviner lesquelles : la touche du *à*, la touche du *è*, celle du *é*, celle du *ù*…

Toutes les touches qui comportaient un accent. Aucun doute : elles avaient rejoint la jonque.

XI

Qui ne serait séduit par une vallée sentant tour à tour le safran, le curry et mille autres parfums (cardamome, cannelle, curcuma, girofle, aneth…) ? Qui ne s'émerveillerait devant ces arbres dont les racines remontent vers le ciel et dont la feuillée ombrage une surface vaste comme un demi-terrain de football ? Qui ne sourirait devant ces éléphants utilisés comme des tracteurs et ne tremblerait en voyant des fakirs danser tantôt sur des tessons de bouteille et tantôt sur de la braise ardente ? Qui n'écarquillerait les yeux devant cette foule déguisée, ces dizaines et dizaines de Hamlet, Superman, Don Juan, Don Quichotte, Charlot, Scarlett, Juliette, Cruella, Ophélie, Chimène, Marianne… ? Qui ne s'attablerait avec délices dans l'un des mille restaurants de plein air en compagnie de toutes ces actrices, de tous ces acteurs, tandis que mille musiciens vous enchantent l'ouïe de mélodies délicates et troublantes et que dix mille singes parodient en ricanant le moindre geste des humains ?

Depuis notre île, j'avais donc, au terme d'un voyage de folie que je vous raconterai peut-être un jour, fini par atteindre, au nord de l'Inde, cette vallée éblouissante. M. Henri n'avait pas rêvé. Ou plutôt il avait *rêvé vrai* : son festival de théâtre et d'épices existait bel et bien.

Mais je souffre d'une maladie grave : l'émotion ne me suffit pas pour être émue. Si je ne connais pas l'*histoire* de la personne que je rencontre ou du lieu dans lequel je me trouve, je n'éprouve rien. Rien. Anesthésie parfaite. Les sentiments n'entrent pas. Je les entends, je les sens sur ma peau, ils se promènent, ils grattent, ils cherchent l'ouverture. Sans succès. Ils resteront à l'extérieur. Tant que je n'aurai pas appris l'*histoire*. L'histoire est la porte, la seule porte qui permet de pénétrer chez moi, en moi.

C'est ainsi que, deux jours durant, je posais à tout le monde la même question : « Pourriez-vous me raconter l'histoire de votre vallée ? »

On ne me comprenait pas, on me souriait gentiment, mais on passait son chemin. Jusqu'à ce qu'une volée d'injures françaises, bénies soient-elles, me fassent sursauter : « Putain de bordel de merde à chier ! » Un homme qui paraissait jeune avançait à quatre pattes dans la foule. Il tapotait le sol frénétiquement.

– Je peux vous aider ?

– My glasses, mes lunettes, ces salopards vont les écraser.

– Comment parlez-vous aussi bien notre langue ?

– Échange universitaire.

Par miracle, juste avant que la roue d'un chariot ne les réduise en miettes, j'aperçus les deux verres, m'en saisis et négociai :

– Je vous rends vos lunettes si vous me racontez l'histoire.

– L'histoire, quelle histoire ?

– Mais l'histoire d'ici, de ce festival, de ces acteurs, de cette rencontre, bref, l'histoire.

– Vous êtes toujours aussi dure en affaires ?

– Une fille doit savoir se battre.

– Bon… Allons prendre un verre chez mon ami Arjun. Aucune auberge n'est plus calme que la sienne. Elle surplombe la rivière. Le fil de l'eau m'aidera à garder le rythme. Vous me redonnez ma vue ?

*

* *

Il était une fois…

Je ne sais pas vous, mais moi, dès que j'entends ces quatre mots, je ronronne, je m'abandonne, je prends la mer ou je m'envole, je m'étends, je m'agrandis, je ne suis plus Jeanne, plus seulement Jeanne, je deviens qui on veut, un Esquimau, une Tahitienne, un éléphant, une fourmi rouge, un arbre du voyageur… ou Dieu lui-même.

Et mon nouvel ami avait l'une de ces voix qui vous emportent, chaude, grave, lente, une voix dans laquelle on se blottit dès les premiers mots.

« Il était une fois Dieu.

« Il S'inquiétait, Dieu : Il avait créé la terre. Il l'avait remplie d'humains. Mais ces humains bâillaient toute la journée ; le reste du temps, ils soupiraient. Plus préoccupant, ils maigrissaient à vue d'œil. Cette planète Terre était le jouet préféré de Dieu et ce jouet n'allait pas bien. Il fallait intervenir. Lorsqu'un homme

Il était une fois...

mourut, Dieu le fit venir près de Lui, au ciel, et le questionna :

« – Que se passe-t-il, là-dessous ? Qu'arrive-t-il donc à la Terre ? Quelle maladie vous frappe ?

« – Seigneur tout-puissant, je vais être franc : on s'ennuie. On s'ennuie tellement que beaucoup d'entre nous n'ont plus envie de vivre.

« – Vous êtes des enfants gâtés !

« Terrible fut la colère de Dieu ! Les nuages s'en souviennent : les postillons divins traversaient le ciel, aussi brûlants que les pierres de lave crachées par un volcan.

« Mais, la nuit venue, à l'heure où surgissent les doutes, Il S'interrogea : "Pourquoi cet ennui ? Qu'ai-je manqué dans ma Création ?" Dieu résolut d'aller y voir de plus près. Il se déguisa en mortel et descendit sur Terre, dans notre vallée même. Pourquoi notre vallée ? Parce que de toutes celles qu'Il avait inventées, c'était notre vallée la favorite. On Lui servit une bouillie gluante et blanche dont Il Se régala. On L'informa qu'il s'agissait de riz.

« – Décidément, marmonna-t-Il dans Sa barbe, ces humains sont bien difficiles ! Comment peut-on s'ennuyer dans un endroit où l'on mange si bien ?

« Le soir ? On Lui présenta de nouveau du riz. Et rien que du riz, puisque c'était la seule nourriture de la région. Le lendemain ? Toujours du riz. Lorsque, pour la quatrième fois, Il dut Se contenter de la bouillie gluante, un haut-le-cœur Le secoua, Il recracha et, deux heures durant, des grains de riz cuit retombèrent sur la campagne en pluie tiède et collante. Il venait de comprendre le grand défaut de Sa création : la fadeur. Est fade ce qui manque de goût. Les humains qui s'ennuyaient avaient raison : comment goûter ce qui n'a pas de goût ?

« Dans l'instant, pour en finir avec la fadeur, pour réveiller et varier le riz, pour l'ensoleiller, l'enflammer ou l'adoucir, Dieu créa des racines (le gingembre et le curcuma), une liane à petits fruits ronds (le poivre), un arbre dont l'écorce embaume (la cannelle), un arbuste aux graines écarlates (le roucou), un buisson portant de petites baies (le câprier)… Bref, Dieu créa les épices.

« À la suite de quoi, épuisé comme après chacune de Ses créations, Il S'endormit pour une sieste profonde dont les incroyants, malheur à eux, disent qu'elle dure encore aujourd'hui. »

Le jeune homme se tut. Je l'aurais écouté jusqu'à la fin des temps.

– Ça vous va, belle jeune fille ? Maintenant rendez-moi mes lunettes. L'Europe doit s'être réveillée. Au boulot !

Il prononçait le moindre mot français avec une très soigneuse gourmandise. En conséquence, son histoire avait duré des heures. L'après-midi était largement entamé. Je le suivis dans le rez-de-chaussée où il habitait, une seule pièce qui donnait sur une cour pleine de bidons d'huile.

– Quel est votre metier ?

– Je me trompe ou vous prononcez drôlement ?

– Un petit probleme d'accents, je vous expliquerai. En attendant, je repete : comment gagnez-vous votre vie ?

– Je suis… une sorte de policier.

Il alluma son ordinateur. Et s'exclama :

– Elles sont arrivées !

– Qui donc ?

– Les contraventions du week-end : feux rouges grillés, stationnements interdits, voies de bus emprun-tées…

– Je n'ai pas vu beaucoup de feux en ville.

– Normal, je m'occupe des contraventions de Brest, une ville de chez vous, dans une région qui s'appelle la Bretagne, je crois.

– Et pourquoi vous, pourquoi en Inde ?

– Je travaille trois fois plus vite qu'un Français.

Je coûte sept fois moins cher. Je suis employé d'une grosse société située à New Delhi, notre capitale. Ils ont inventé un traitement informatique. Je vérifie tout. Jamais une erreur.

– Je ne savais pas que les contraventions de police voyageaient.

– Tout voyage aujourd'hui. C'est la mondialisation.

– Elle doit fatiguer les yeux, la mondialisation.

– Pas seulement les yeux ! Chaque année, je change de lunettes. Chaque année, des verres plus gros.

– Un jour, il vous faudra des loupes.

– Un jour, je n'y verrai plus.

– Et alors ?

– Je me prépare. Je m'exerce tous les matins. Je suis un sportif de la mémoire. Je plains les aveugles sans mémoire. Je m'efforce de me souvenir de tout : un jour, quand j'aurai perdu mes yeux, tous ces souvenirs me tiendront compagnie.

– Mais dites-moi, votre histoire des epices, elle a une suite ? Forcement. Vous n'avez pas explique la presence de tous ces comediens.

– Bien sûr, elle a une suite. Vous avez déjà rencontré une histoire sans suite ? Toutes les fins d'histoire sont des fausses fins. Sitôt qu'on a le dos tourné, l'histoire repart.

– Et alors, quand me racontez-vous la suite ?

– Demain, si vous voulez. Mais seulement en échange d'un canard au curcuma. Vous voyez, moi aussi, je sais négocier. Allez, je vous laisse, les mauvais conducteurs de Brest m'attendent !

Je passai ma soirée, ma nuit et le matin suivant à la recherche de mon frère, sans succès. Mais je me régalai de trois pièces de théâtre aussi différentes que possible les unes des autres : successivement, un *Malade imaginaire* turc, un *Barbier de Séville* brésilien et un *Mahâbhârata* esquimau qui dura jusqu'à l'heure de mon rendez-vous avec mon policier de Brest. J'arrivai juste à temps. Je suis sûre qu'il aurait commencé sans moi, rien que pour m'enrager.

XII

« En échange de leurs épices, les cultivateurs recevaient de l'argent, beaucoup d'argent; d'année en année, la vallée s'enrichissait. Quant aux marchands, ils rapportaient de leurs voyages d'innombrables histoires. Sitôt revenus de la lointaine Europe, ils avaient obligation de se présenter au palais pour vider leurs sacs à récits. Sous peine de punitions sévères, ils devaient raconter au fils du maharadjah tout ce qu'ils avaient vu et entendu.

« – Il est dans un pays qu'on appelle la France un roi-danseur. Malgré sa petite taille, il se prend pour le soleil…

« – Pas possible ! s'écriait le fils du maharadjah en se tapant sur les cuisses.

« – Dans un pays nommé l'Espagne, il est des plages de sable entourées de gradins. Les habitants n'aiment rien tant qu'y applaudir des combats entre des tissus rouges et des cornes.

« – Expliquez-vous, disait le fils du maharadjah.

« – Les tissus rouges sont agités par des hommes. Les cornes arment la tête des taureaux.

« – Et alors ?

«– Alors, la mort s'ensuit, généralement celle du taureau.

«– Quelle admirable invention dans la cruauté ! s'exclamait le fils du maharadjah. Organisons de semblables batailles avec les tigres.

«– Au pied de montagnes demi-hautes comme les nôtres, il est une ville qui se dit fiancée à la mer. Ses rues sont des bras d'eau et, une fois l'an, sans autre raison que favoriser le vice, les hommes et les femmes se cachent derrière des masques. Ainsi protégés, ils se livrent à toutes sortes de débauches.

«– Magnifique ! criait le fils du maharadjah. Qu'on abatte cette colline, je veux que l'océan vienne jusqu'à nous.

«Au fil du temps, la source des récits finit par se tarir. Les commerçants n'avaient plus grand-chose de vraiment neuf à raconter. Le fils du maharadjah tempêta.

«– Faites un effort ! Nettoyez les crottes qui vous obstruent les yeux, arrachez-vous la cire qui vous mure les oreilles ! Je suis sûr que là où vous allez, aux quatre coins du monde, les histoires pullulent.

«– Nous sommes des marchands, majesté. Notre métier est de vendre et d'acheter, pas de regarder ni de voir.

«– Ramenez-moi donc ceux qui regardent et qui voient.

«– Vous voulez parler des artistes ?

«– Débrouillez-vous, mais si je n'ai plus mon content d'il était une fois, vous le paierez de votre vie.

«– Il faut vous prévenir, majesté, ces gens-là, les artistes, comme vous les appelez, souffrent d'une maladie grave : ils mentent.

«– Le silence ment bien plus que le mensonge.

«Les marchands se regardèrent, l'air imbécile : ils n'avaient pas compris. Souvent, le fils du maharadjah parlait par énigmes que la vallée mettait des mois à élucider. Cette fois, il daigna s'expliquer :

«– Je veux dire ceci : de même qu'en chaque nuit demeure une trace de jour (ne serait-ce que dans la mémoire gardée par les pierres de la chaleur du soleil), de même en chaque histoire fausse palpite toujours un peu de vérité. Alors que le silence, lui, n'a ni souvenir, ni futur et moins encore de fond. Et maintenant allez me chercher des menteurs.

«C'est ainsi que furent invités des conteurs du monde entier, des danseurs et des troupes de théâtre.

«C'est ainsi que les inventeurs et les raconteurs d'histoires rencontrèrent dans notre vallée les paysans qui faisaient pousser les épices. D'abord, les deux peuples apprirent à se respecter : le fils du maharadjah payait aussi cher une belle légende qu'un kilogramme de safran (pour lequel, vous le savez, il ne faut couper pas moins de cent soixante mille fleurs).

«Et peu à peu, ils devinrent amis :

«– Au fond, nous faisons le même métier.

«– Nous, nous égayons le riz !

«– Nous, nous peuplons le silence !

«– La blancheur du riz sans épices ressemble au grand désert d'une journée sans il était une fois.

«Rien ne réjouissait plus le fils du maharadjah que de voir, le soir venu, gens d'histoires et gens d'épices échanger à voix basse leurs secrets.

«Un jour, il mourut. Soudain. Un médecin parla d'indigestion. D'un ton docte, il affirma que le fils du maharadjah avait trop mangé et trop écouté ; tous ceux qui partageaient sa double passion étaient menacés par la même mort funeste. La vallée refusa de croire au diagnostic et à ces conseils. Elle préféra étrangler le médecin : pas question de revenir aux temps sinistres des jours vides et du riz blanc. »

XIII

Partout.

Comme l'eau d'un fleuve déborde de son lit, comme la musique d'un concert envahit l'air et traverse les murs, le théâtre avait pris possession de la vallée.

Partout, on jouait partout, dans les deux salles de spectacles, bien sûr – dont seulement la première avait été rénovée, l'autre menaçait ruine et, par le toit défoncé, la pluie tombait sur un amas de morceaux de bois baptisés « sièges » par les organisateurs –, mais aussi dans la cour de l'hôpital, sous les hangars de la coopérative agricole, dans le salon de l'adjoint au maire (vingt places), dans le kiosque du jardin public, sous le ficus géant du quartier nord (trois cents places), sous les kapokiers de la place Nehru (deux cent cinquante places), sous le magnolia tricentenaire du marché (cent places), dans les deux écoles chrétiennes, dans les trois écoles hindouistes, dans l'école musulmane, dans le garage Toyota (deux cents places), devant les cages de la Société Protectrice des Animaux (cinquante places), même à l'intérieur de la caserne des pompiers dont le capitaine avait décroché le téléphone pour n'être pas dérangé par une urgence.

Partout on s'aimait et se déchirait, on s'éloignait, se retrouvait, on s'embrassait puis s'assassinait avant de se relever tout sourire pour saluer la foule, grande ou maigrelette, sous les applaudissements et, parfois, quelques sifflets.

Et partout, jouxtant tous ces lieux de théâtre ou empiétant sur eux, des auberges, des restaurants, des gargotes, voire de simples planches posées sur des tréteaux ou des braseros, des foyers même, entre trois pierres et recouverts d'une grille graisseuse… Partout, d'un bout à l'autre de la vallée, on dévorait. Avant, après et durant les spectacles. Ces milliers d'histoires, ces centaines de drames ici représentés donnaient faim.

Les établissements rivalisaient d'annonces pour attirer leur clientèle. Sur des bannières ou des banderoles, sur des panneaux fixes ou circulant dans la ville entière, portés à dos d'homme, des repas « spéciaux », « adaptés », étaient offerts « à nos amis les comédiens », « à nos hôtes admirés », « à vous, explorateur de l'âme »…

Pour mieux explorer l'âme, une cantine annonçait même, « certifiée médicalement », une gastro-

nomie «diététo-dramaturgique». «Épicez-vous», conseillait une autre. «Épicez-vous bien avant d'entrer en scène.» L'inventivité des cuisiniers n'avait pas de limites. Hélas, j'ai oublié la plupart de leurs folies. Ils avaient en commun la même ambition : stimuler, par les épices, la création théâtrale. Pour chaque pièce, ils avaient concocté des menus. Je me souviens du déjeuner «Don Juan» : salade de lentilles au curcuma, beignets de morue au gingembre, chocolat au curry et aux citrons. Je me rappelle le souper «Tchekhov» («valable aussi bien pour *La Cerisaie* que pour *La Mouette*») : pamplemousse rose au sirop de quinquina, canettes pochées au genièvre, filet de dorade au thé, crème brûlée à la réglisse…

J'avais beau passer le plus clair de mon temps avec mon nouvel ami, le Brestois indien, le policier mondialisé, je continuais de chercher mon frère. Et nulle part ne le trouvais.

– Vous ne l'avez pas vu ? Grand, près de six pieds, assez beau, je dois dire. Mais si, voyons, vous ne pouvez pas le manquer, quand il regarde les filles, on dirait

qu'il les mange. Il croit qu'il joue bien de la guitare, en fait pas du tout.

On me regardait d'un drôle d'air, on devait me prendre pour une folle, on haussait les épaules : votre frère ? Inconnu chez nous !

L'autre absence était celle des accents.

Pas trace du moindre tréma ou de la plus petite kljukica dans toute la vallée.

Après une semaine de recherches infructueuses, je pris mon courage à deux mains (une fille qui court après des accents, c'est ridicule, non ?) et questionnai mon Brestois. Il me montra la montagne.

Je ne vous ai pas encore parlé d'elle et, pourtant, c'est le personnage principal de la région. On l'appelle la Mère. Ou la Déesse suprême. De toute sa masse, de toute son immobilité, de tout son silence, elle domine la vallée. Comment supporte-t-elle, à ses pieds, notre agitation d'humains, le vacarme de nos discussions passionnées ? Mystère. Et quelles odeurs lui parviennent, à l'altitude qui est la sienne ? Le parfum des épices ou la puanteur de nos écoulements intimes, je veux parler de nos diarrhées, conséquence de notre passion pour ces mêmes épices ? Autre mystère.

– Tu vois le sommet ?

– Je vois.

– C'est la patrie du vent. Là-haut, notre planète, qui tourne comme tu sais, se frotte au ciel, qui reste immobile. De ce frottement vient le vent. Un vent terrible. Un ouragan perpétuel. Sans crampons sous les pieds, on se fait emporter. Et en dessous, le glacier, tu le vois ?

– Je le vois.

– Ils sont là.

– Qui donc ?

– Tes amis les accents.

– Je dois y aller.

– Tu n'es pas la seule. Tous les gens de théâtre y vont, même s'ils ne l'avoueront jamais. Et d'autres personnes aussi, toutes sortes de personnes, pour toutes sortes de raisons.

– Quelles sortes de raisons ?

– Ça, tu le découvriras toi-même.

– Comment s'y prendre ?

– Rien de plus facile. Marche vers la gare, le long des rails, tu trouveras des dizaines d'agences spécialisées dans ce genre d'expéditions. Un conseil : compare les prix. Jeanne ?

– Oui ?

– Notre montagne n'aime pas tellement qu'on l'escalade. Prends soin de toi.

– J'essaierai. Merci.

– Jeanne ?

– Quoi encore ?

– Tu vas me manquer.

– Merci. Mais je deteste remercier.

– Jeanne ?

– Arrete. Tu deviens lourd.

– Je ne suis pas un expert en français. Mais tout de même… « Deteste », « arrete »… Quelque chose me dit que tu as raison d'aller te faire réaccentuer.

– On n'est pas plus agreable !

– Jeanne ?

Cette fois, je ne répondis pas.

– Dernière question, je te jure. Et je te laisse grimper. Qu'est-ce que tu détestes le plus : remercier ou avoir des raisons de remercier ?

De colère, je tapai du pied. Et me retournai brusquement, pour qu'il ne me voie pas rougir. Et laissai là, sans un mot, cet impudent binoclard.

XIV

Un cube de tôles ondulées flambant neuves.

Une pancarte géante que quatre ouvriers étaient en train de fixer sur le toit.

Émotions Services International

Et devant la porte, assis derrière un bureau, protégé du soleil par un auvent de toile beige, un homme très jeune, très beau, très bien coiffé, assez ridicule avec ses lunettes noires relevées sur son front, un certain Tom, mon frère.

– Que fais-tu ici ?

– Je dirige.

– Toi, responsable de quelque chose ? Laisse-moi rire, eclater de rire !

Je me maudis intérieurement. Depuis que j'avais mon problème d'accent, je tâchais d'éviter tous les mots piégés. Mais je ne réussissais pas toujours. Cet « eclater » m'avait échappé. Heureusement, mon frère ne semblait pas s'en être rendu compte.

Il se tourna vers une petite poupée de porcelaine assise à ses côtés.

– Ne t'inquiète pas, lui dit-il, c'est ma sœur. Donc une bête sauvage. En France, nous avons réussi à domestiquer tous les animaux, sauf les sœurs.

Je sursautai :

– Qui c'est, elle ?

– Mlle Dinh, mon associée.

La poupée leva ses fesses minuscules de son tabouret minuscule pour me saluer d'une courbette grotesque.

– Et tous les deux… je veux dire…

C'est la poupée qui répondit :

– Avant le mariage, beaucoup travailler. D'abord construire belle maison, ensuite organiser venue enfant.

Pauvre Tom ! Lui qui détestait tant la discipline, il avait trouvé une maîtresse femme : le maximum d'autorité dans le minimum de taille.

– Mais ta vocation de musicien, Tom ? De musicien ou d'acteur ?

C'est l'associée qui répondit à sa place.

– Trop risqué, Mlle Jeanne, trop aventureux quand on veut vie de famille ! Gagner argent d'abord ; après seulement, fantaisie.

Je secouai chaleureusement les deux mains de l'associée.

– Bienvenue dans la famille ! Et de quoi s'occupe votre societe ?

Ce mot-là aussi m'avait échappé. Mais cette fois, mon frère sursauta.

– Societe, societe, ah, ah, je comprends pourquoi tu viens ! Ton cas est grave. Mais nous avons tout ce qu'il faut pour te soigner. Notre so-cié-té (avec son manque de tact habituel, il appuya lourdement sur les aigus) s'occupe de courtage artistique, dit-il fièrement.

– International, précisa l'associée miniature.

– Ce qui veut dire, en langue civilisée ?

Tom se tourna vers son amie :

– Avec les sœurs françaises, il faut expliquer simplement et parler lentement car elles comprennent difficilement.

Avant de revenir vers moi :

– Nous sommes des intermédiaires. Nous mettons en relation. Les acteurs qui ont besoin d'accents et les accents qui ont besoin de phrases. Ce n'est qu'un exemple.

– Oui, seulement exemple, renchérit Mlle Dinh. Notre ambition beaucoup plus vaste, tout à fait industrielle.

Il me sembla voir surgir dans les yeux de mon frère une lueur d'affolement, mais je ne peux le jurer.

– Tiens, voici nos premiers clients de la journée. Tu vas pouvoir te rendre compte. Mlle Dinh connaît dix langues.

– Onze ! précisa-t-elle.

Un petit monsieur d'une élégance raffinée se présenta. Costume crème, chemise à col pincé étranglant une cravate rouge, chaussures toile et cuir. Une mince, très mince moustache, un fil noir, soulignait sa lèvre supérieure.

– Que pouvons-nous pour vous ?

– En Europe, une tournee m'attend. Un recital de poesie. Or, j'ai perdu mes accents.

LA
PRINCESSE
DE
CLEVES.
TOME I.

émotions
services
international

– Dites-nous les phrases. Nous vous établirons le devis.

– Triste de quem e feliz !
Vive porque a vidor dura.
Nada na alma lhe diz
Mais que a liçao da raiz
Ter por vida a sepultura[1].

Pour ses ignorants fiancé et future belle-sœur, Mlle Dinh traduisit sans hésitation :

– « Pitoyable celui qui est heureux !
Il vit parce que la vie continue
Rien dans son âme ne vient lui dire
Autre chose que la leçon de sa racine :
Vivre en sa propre sépulture. »

Elle avait tiré devant elle un grand boulier de bois sombre. On aurait dit qu'il était sa protection : un boulier-bouclier. Elle disparaissait derrière. Ne dépassait plus que la raie parfaite, un trait blanc séparant deux vagues de cheveux noirs. Elle annonça un chiffre.

Je me penchai vers Tom.

– Elle n'a pas de calculette ?

– Bien sûr que si. Mais les artistes préfèrent les vieux instruments. Mlle Dinh est très intelligente. Elle sait comme personne deviner les attentes de la clientèle.

– Je vois ça.

---

1. Fernando Pessoa, *Poèmes ésotériques*, Christian Bourgois, 1988.

– Vous etes tres chers ! dit le petit monsieur raffiné. Hors de prix, meme, si je puis m'exprimer ainsi.

– À prendre ou à laisser, répondit Mlle Dinh.

Le petit monsieur se tordit les mains.

– Je vais reflechir.

– Économise, plutôt. Ou gagne plus. Suivant ! Nous disons donc…

Les doigts de Mlle Dinh couraient sur le boulier. On aurait dit une chanson, une complainte accélérée, rythmée par le claquement des boules.

C'était maintenant au tour d'une jeune fille blonde. Elle tenait, serré contre sa poitrine, un livre de poche. Elle regardait fixement le sol. Quand elle finit par relever les yeux, on vit qu'ils brillaient : les larmes n'étaient pas loin. Et de grosses taches rouges parsemaient sa peau très blanche. Quoique brune, je ne suis pas de parti pris. Mais est-ce ma faute si le moindre chagrin dévaste les blondes ?

Tom, pas dégoûté, se précipita.

– Que puis-je pour vous ?

Déjà il avançait la main pour la poser sur l'épaule de l'affligée. La voix de Mlle Dinh claqua comme un fouet.

– Je m'en occupe. Alors, mademoiselle ? Pour aujourd'hui ou pour demain ? Vous pas seule au monde !

En tremblant, la jeune fille tendit son livre.

– C'est mon roman prefere, la plus bouleversante des histoires d'amour. *La Princesse de Cleves*.

– On connaît, on connaît. Une femme mariée ose pas coucher avec homme aussi marié. Et alors ?

– Il a suffi d'une nuit. Tous les accents s'en sont alles.

– Réaccentuer un livre entier ? Vous n'y pensez pas ! Ça va vous coûter…

Les doigts de Mlle Dinh avaient commencé de s'agiter sur le boulier.

– … une fortune ! Choisissez plutôt une phrase. Vite.

La princesse de Clèves, ou du moins la jeune fille qui se prenait pour elle, devait être trop timide pour prononcer sa phrase à haute voix, devant tout le monde. Elle se pencha vers Mlle Dinh et lui murmura longtemps à l'oreille. Décidément, la fiancée de mon frère n'était pas une romantique. Voici ce qu'elle répondit à la princesse :

– Cent cinq dollars. Forfait avantageux ! Spécial clientèle jeune ! Suivant !

Une bande plutôt agitée se présenta, des Suisses. Ils allaient reprendre *Starmania*, la comédie musicale de Michel Berger et Luc Plamondon. Ils voulaient savoir s'ils prononçaient correctement. Ils se mirent à chanter :

« J'aurais voulu etre un artiste,
Pour pouvoir faire mon numero. »

Puis :

« J'ai du succes dans les affaires,
J'ai du succes dans les amours
Je change souvent de secretaire. »

Mlle Dinh se boucha les oreilles.

– Encore un peu de travail et tout ira bien. Je vous fais le tarif de groupe.

Je félicitai mon frère et ma belle-sœur pour la bonne marche de leurs affaires. Une longue file attendait encore devant le petit bureau de Mlle Dinh.

– J'ai bien compris : ta fiancee-associee s'occupe de la clientele. Mais toi, dans votre societe in-ter-na-tio-nale, quel est ton role exactement ?

– J'emmène nos clients au pays des accents.

– Je vais avec toi !

– Figure-toi que j'avais devine, comme tu dirais.

– Je te de… pardon, je te hais.

– Reviens demain matin. J'emmène une expédition sur la montagne. Quand je dis matin, c'est matin. Quatre heures. Il fera froid.

– Nous y serons, ma polaire et moi.

XV

Nous avons marché longtemps. D'abord dans une forêt. Du paysage, sans doute sublime, je n'ai rien vu. Les trois premières heures, il faisait nuit. Puis, lorsque le jour s'est levé, les moustiques ont attaqué. Comment peut-on s'émerveiller en ne cessant de se donner des gifles ? Cette première partie de notre ascension fut un match de boxe : Jeanne contre Jeanne. Je me battais la tête, les mains, les bras, tout ce qui dépassait de chair, pour tenter d'écraser ne serait-ce qu'un seul de ces maudits démons miniatures. Hélas, il s'échappait toujours et revenait avec ses frères, de plus en plus nombreux.

L'amie de la princesse de Clèves souffrait plus encore. Peut-être les insectes autochtones n'avaient-ils jamais vu de blonde ? Ils s'acharnaient contre sa peau trop blanche. Cette malheureuse n'était que cloques. Surprise : elle se laissait agresser sans réagir, on aurait dit qu'elle tendait une joue, puis l'autre, et après ses tempes pour se faire piquer. Elle devait imaginer que les souffrances de l'amour sont pires encore et qu'en supportant celles-ci elle s'entraînait à aimer.

Les autres membres de l'expédition, le Portugais, les chanteurs suisses, semblaient épargnés. Ils suivaient gaiement l'étroit sentier, nourris en permanence par des informations données par Tom.

– Vous voyez cette fleur violette, en forme de cloche ? N'approchez surtout pas. Famille des solanacées. On l'appelle « trompette du diable » ou « pomme folle » ou « datura ». On en tire toutes sortes de médicaments, notamment contre le mal de mer. Mais aussi un poison violent.

– Oh ! s'exclamait la vedette de *Starmania*. Comment savez-vous tout ça ?

– Et ici, entre les eucalyptus, regardez cet arbre immense, je crois que c'est mon préféré, un déodar.

– Comme vous avez raison, gloussait la vedette, qu'il est fort et pourtant souple !

De qui mon frère, l'ignorance même jusque-là, avait-il reçu tout son savoir ? De sa fiancée ? Alors il fallait la plaindre. Ses leçons risquaient de se retourner contre elle. La Suisse, par exemple, ne lâchait plus Tom.

– Qui sont ces delicieux animaux a joues blanches ? Oh, dites-le-moi, s'il vous plait !

– Mais des bulbuls, bien sûr !

Nous n'aurions pas traversé un passage délicat – un tronc demi-pourri faisant office de pont, jeté au-dessus d'un torrent –, Starmania aurait embrassé mon frère, en apéritif d'autres abus probables.

*
* *

La nuit, tandis que Tom ronflait (son cerveau avait sûrement besoin de repos après toutes ces explications), j'échangeais des confidences avec mes compagnons d'excursion.

Le Portugais avait perdu ses accents un jour de tempête. On l'avait pourtant prévenu : ne jamais, jamais orienter ses oreilles dans l'axe du vent ! Il vous entre dans la tête et en arrache tout ce qui dépasse des mots. Par exemple les accents.

La princesse de Clèves se remettait difficilement d'un chagrin : «Il etait si beau, si genereux, je me sens comme un desert.»

– Et toi, Jeanne ?

– Oh moi, je n'ai encore jamais aime.

– Mefie-toi. Prepare ton cœur. Quand tes accents vont revenir…

Et mes amis s'endormaient, sourire aux lèvres, imaginant mes amours futures. Ou se rappelant leurs amours passées.

*
* *

Vers midi, nous commençâmes à croiser des groupes qui redescendaient. À chaque responsable, Tom demandait des nouvelles.

– Combien sont-ils ?

– De plus en plus nombreux. Il en arrive chaque jour de nouveaux. De la planète entière.

– Et quelle est leur humeur ?

– Nerveux, irascibles, même. Et surtout…

– Surtout ?

– Imprévisibles. Ils ne suivent que leur fantaisie. Tantôt ils veulent bien collaborer, l'instant d'après rien à faire.

– Ça promet !

Leurs clients ne nous prêtaient pas la moindre attention. Ils ne semblaient pas du tout fatigués. Ni par leur séjour en haute altitude, ni par la descente. Ils marmonnaient pour eux-mêmes des phrases qui avaient retrouvé leurs accents.

Je me souviens d'un jeune homme très grand, très maigre, lui aussi boursouflé par les piqûres de moustiques. Il répétait, ébloui :

« Le pré est vénéneux mais joli en automne
Les vaches y paissant
Lentement s'empoisonnent… »

Alors il soulevait le chapeau minuscule qu'il portait au sommet de son crâne.

– Bravo, Apollinaire ! Vraiment, c'est trop beau ! Quand je pense qu'avant je disais « pre » et « veneneux », comme c'est laid, « preu » et « veuneuneux » !

Il éclatait de rire tout seul et reprenait :

« Le colchique couleur de cerne et de lilas y fleurit
Tes yeux sont comme cette fleur-là
Violâtres comme leur cerne et comme cet automne
Et ma vie pour tes yeux lentement s'empoisonne. »

Nous avons demandé à notre savant, Tom :

– C'est une invention de poete ou les colchiques sont vraiment veneneux ?

– Vraiment vénéneux. Mais le datura tue beaucoup plus vite.

Le voyage dans la forêt dura trois jours. Puis les arbres et les moustiques s'espacèrent. Deux autres jours furent occupés à fouler des cailloux. Enfin, sous le ciel, parut une barrière blanche : l'Himalaya.

XVI

– C'est donc pour demain.

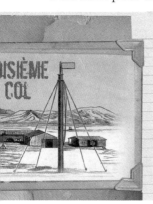

Nous venions d'établir notre campement juste à l'entrée du troisième col. Tom nous avait réunis dans sa tente pour nous donner les derniers conseils. Nous nous tenions blottis les uns contre les autres. Nous grelottions, bien sûr. Mais était-ce de froid ou de trac ? Il nous restait à escalader une ultime cascade de glace. Nous l'avions regardée longtemps, jusqu'à ce que la nuit tombe. Elle ne nous avait pas semblé facile.

– Demain, nous entrerons dans le pays des accents. Je veux dire que demain, nous serons chez eux. Il faudra qu'ils nous acceptent. Rien n'est gagné.

Tout le monde retenait son souffle.

On n'entendait de respiration que celle de la théière. À cause de l'altitude, l'eau peinait pour bouillir.

– Ils ne viendront sur nos phrases que s'ils le veulent bien. En bas…

Tom montrait le chemin par lequel nous étions montés.

– En bas, on les a maltraités ou méprisés. Ici, ce sont eux les maîtres.

– Mais, osa la princesse de Clèves, comment presenter nos phrases ?

– L'air est si froid, vous verrez, vos paroles vont geler, oui, geler, en sortant de votre bouche. Si ça leur chante, les accents viendront s'y poser. Maintenant dormez. Demain commence dans cinq heures. La dernière pente sera rude. Vous aurez besoin de toutes vos forces.

XVII

Ils étaient là, réfugiés dans une vallée haute. Une sorte de plateau, un vaste rectangle de neige entre quatre parois qui s'élevaient droit vers le ciel.

– À partir de maintenant, plus un mot, plus un geste !

Tom avait perdu la mine conquérante et rigolarde que lui donnaient ses succès auprès de Starmania. Son visage était celui d'un petit garçon intimidé que j'avais jadis bien connu : mon frère à cinq ans.

Dissimulés derrière une enfilade de rochers, nous pouvions observer à notre guise ce formidable rassemblement. Ils étaient là, tous là sans doute, une collection complète des accents de la planète.

– Vous savez les reconnaître ?

Tom parlait à voix basse et, pour plus de précaution, tenait ses deux mains en coquillage devant sa bouche. Il fallait à tout prix empêcher les paroles de geler. Ce n'était pas encore le moment.

Starmania s'était blottie contre lui. Elle devait voir en mon frère un savant universel. Mais le savant universel était encore un débutant en matière de grammaire. Et l'univers des accents est aussi divers et enchevêtré que celui des orchidées. Il sortit de sa veste polaire un imposant carnet, le guide Leeman et Marret, du nom des deux expertes mondiales de la question.

Comme dans les guides des oiseaux ou des papillons, on y voyait chacun des accents représenté de face, d'en dessous, par-dessus…

– Commençons par le premier groupe, là-bas, dans le prolongement du glacier. Il me semble qu'ils viennent de l'île de Malte. Regardez ce trait horizontal. Je lis qu'il sert à barrer le «h» pour indiquer qu'il faut l'aspirer. Et ces points, au pied de l'éperon rocheux, il me semble… je m'y perds encore, la plupart des langues utilisent des points. À commencer par les Arabes ; ces gens-là mettent des points partout. Je vous confie le guide. Surtout ne le laissez pas tomber dans la neige :

ش et س

غ et ع

ث et ت, ب

خ et ح, ج

Tom reprenait vite le grand carnet. Sa fiancée avait dû le faire jurer de ne jamais s'en séparer.

– Regardez. Même passion des points chez les Persans, je veux dire les Iraniens :

چ

ژ

Les Hébreux ne sont pas en reste. Il paraît qu'on a baptisé ces signes-là des nikkuds :

Parfois, les points vont de travers :

Ou on ajoute une sorte de T :

– A quoi ça sert, ces complications ?

– À distinguer les lettres les unes des autres au lieu de les confondre.

– Magnifique !

– Elegant !

Notre petit groupe ne boudait pas sa joie. Une émotion nous avait envahis, retenue, étouffée, peut-être d'autant plus forte. Comme Tom, nous chuchotions. Nous parlions dans nos moufles.

– J'ai l'impression de voyager dans un atlas, l'atlas des langues.

– Cette vallee est le dictionnaire des dictionnaires.

Le Portugais au petit chapeau était le plus avide de savoir.

– Et comment s'appelle cette virgule, oui, sur la droite ?

Tom désigna .

– Oui, celle-ci !

– La hamsa. Je sais qu'en arabe on la pose sur certaines lettres pour indiquer qu'il faut à cet endroit prononcer en se tordant la gorge, ce qu'on appelle un coup de glotte.

– Et ces deux, là, près de la cabane : ? Ils ont tout l'air d'apostrophes et aussi de ne jamais se quitter. Je me trompe ?

– Ils viennent de la Grèce ancienne, l'« esprit rude »

et l'«esprit doux». Ils indiquent s'il faut aspirer ou non une voyelle.

– Je ne les croyais pas si nombreux.

– Et vous n'avez encore rien vu! dit Tom. Je me demande si nous aurons la chance d'apercevoir les Tibétains. Ils sont comme le yéti, ils ne se montrent que rarement.

Pour l'heure, les accents n'avaient pas remarqué notre présence. Ils se promenaient tranquillement, ils discutaient entre eux. De quoi peuvent bien parler un accent traditionnel Wasla ﻭ , et notre bon vieux tréma? Quelles nouvelles familiales ou politiques peuvent-ils échanger, lorsqu'ils se rencontrent?

Je ne pus m'empêcher de faire ma maligne.

– Le petit v, ce circonflexe inverse, je la connais, nous sommes amies, c'est Kljukica. Chez nous, elle mourait d'amour pour un de nos circonflexes.

Tom n'eut besoin que d'un coup d'œil à son carnet magique.

– Eh bien, en Tchéquie, il se nomme Haček. Et c'est un garçon!

Il regarda sa montre.

– Il est l'heure.

– Oh, s'il vous plait, encore une precision!

Les chanteurs suisses voulaient absolument savoir quels étaient les accents chinois.

Grâce à sa fiancée, mon frère était inépuisable sur le sujet. Il expliqua que le chinois n'était pas une langue à accents mais à tons. Il y avait quatre sons : un son plat, toujours égal; un son qui montait; un son

modulé, qui descendait puis montait ; et un son des-
cendant.

– Voyez ! Avec la même syllabe, le sens du mot
change selon la manière de prononcer le « e » !

fēi	féi	fěi	fèi
voler	gras	bandit	frais

Décidément, mon frère avait beaucoup appris
depuis son départ de l'île ! On sentait bien qu'il aurait
pu continuer longtemps. Mais un nouveau coup d'œil
à sa montre le fit sursauter.

– Bon, cette fois, fini de jouer. Qui commence ?

XVIII

Les timides ont des audaces dont les autres êtres humains sont incapables. La princesse de Clèves se redressa et, à haute voix, lança dans le silence glacé sa phrase, la phrase secrète qu'elle avait murmurée à l'oreille de Mlle Dinh :

– « Je ne pense qu'a vous, madame, je ne suis occupe que de vous… a peine le jour commence a paraitre que je quitte la chambre ou j'ai passe la nuit pour vous dire que je me suis deja repenti mille fois… de n'avoir pas tout abandonne pour ne vivre que pour vous. »

Comme l'avait annoncé Tom, les mots, à peine sortis de la bouche de la princesse, gelaient. Si bien que la phrase, au fur et à mesure qu'elle se développait, formait comme un ruban blanc miraculeusement visible dans l'air et de plus en plus long.

Les accents semblèrent pris de folie. Ils s'envolèrent tous et foncèrent vers la phrase. Un instant plus tard ils l'avaient recouverte. Du moins les plus rapides d'entre eux. Car les autres tournoyaient, faute de pouvoir se poser : toutes les places étaient prises.

« Jē nē pënsê qú'à vŏūs, mådämê, jé nē sùĭs ôccûpé qŭê dē vŏūs… à pëĭnê lë jõūr cømmëncĕ à pärâîtrē qŭē jê qŭîttê là châmbrë ŏŭ j'äï påssé lã nũĭt pòūr vōūs dîrē qŭē jê mê sûĭs déjà rêpëntï mïllê főĭs… dê n'åvŏïr päs tŏūt äbándőnné pòūr nē vîvrē qûê pŏûr vŏūs. »

La princesse de Clèves, affolée par ce remue-ménage et ce grouillement de signes noirs devant ses lèvres,

s'était mise à pleurer. C'est alors qu'intervint l'accent espagnol Tilde. Manifestement, il jouissait d'une grande autorité.

– Allons, allons, chers confrères, chères consœurs, un peu de gentillesse avec notre invitée !

Un à un, les accents qui n'avaient rien à y faire quittèrent la phrase.

«Je ne pënse qu'à voüs, madame, jé ne suis ôccupé que de vous… à peinë le jour commence à päraîtrē que je quittë la chambre où j'ai passé la nuit pour võŭs dire que jê mê suis déjà repenti mille fois… dê n'avoir pas tout abandonné pour ne vivre quê pour vous.»

Après quelque temps, qui me parut une éternité, les derniers facétieux s'en allèrent, comme à regret. Je crois même les avoir entendus bougonner : si on ne peut plus s'amuser…

«Je ne pense qu'à vous, madame, je ne suis occupé que de vous… à peine le jour commence à paraître que je quitte la chambre où j'ai passé la nuit pour vous dire que je me suis déjà repenti mille fois… de n'avoir pas tout abandonné pour ne vivre que pour vous.»

Un petit vent qui s'était levé emporta la phrase. La princesse de Clèves y avait ajouté un mot, trois fois répété : merci, merci, merci.

Tom s'épongea le front. Et au Portugais qui lui secouait le bras, «maintenant c'est mon tour», il intima l'ordre de se taire et d'attendre le lendemain.

XIX

Il manquait quelqu'un.

Je ne pouvais dire qui. Mais dans cette foule où je commençais à connaître tout le monde, il me semblait buter sur une absence. Ils sont tous là, tous les accents, me répétais-je, ils sont forcément tous venus, et pourtant… Je fis part à mon frère de cette sensation désagréable, presque douloureuse.

Il hocha la tête.

– Je te connais, ma sœur. Je sais qui tu cherches. Viens.

Nous n'eûmes pas long à marcher.

– Silence, Jeanne, silence ! Ou tu vas les faire fuir.

Il en avait de bonnes, mon frère. Vous savez, vous, avancer sans bruit dans la neige, éviter les crissements, étouffer les protestations de tous ces cristaux écrasés ?

– Regarde.

Je ne vis, d'abord, entre deux rochers, qu'un petit carré de mousse que traversait, en serpentant, un ruisseau pas plus large que deux doigts.

– Regarde mieux.

Je me suis penchée, je ne voyais toujours rien, je me sentais Gulliver tellement j'étais grande au-dessus de ces arbres nains, j'ai dû m'allonger, le nez quasi dans le vert et j'ai fini par les distinguer, dans une clairière, blotties les unes contre les autres, un groupe de cédilles.

Depuis le premier livre que m'avait donné ma mère, j'avais un faible pour ces sortes de points d'interrogation renversés. Au lieu de fanfaronner, de bomber le torse et de plastronner comme tous les autres accents, ils se collent avec humilité sous les «c» pour en adoucir les manières. Par exemple, «ça», prononcé [sa], plutôt que [ka].

Les brins de mousse me chatouillaient les narines, j'ai failli éternuer. Heureusement que j'ai réussi à me retenir. Le souffle les aurait fracassées.

– Et quand tu sauras l'origine de leur nom, tu les aimeras davantage.

J'avouai mon ignorance.

– *Cédille* vient de l'espagnol *cedilla*, qui veut dire «petit z».

Je m'étais relevée. Deux ronds de boue tachaient aux genoux mon pantalon blanc.

– Pourquoi se cachent-elles ainsi?

– Les corbeaux en raffolent. Ils doivent les prendre pour des vers…

– Pauvres cédilles!

– C'est leur faute. Quand on est trop modeste, on se fait écraser. Ou manger. Oh! Surtout, plus un bruit!

– Que se passe-t-il?

– Tu vois le petit groupe juste au pied de l'éboulis?

Mon frère baissa la voix encore davantage. Il ne parlait plus qu'en murmures.

– Ce sont… les accents tibétains. Tu en as de la chance ! Ils ne se montrent pas souvent.

Les autres membres du groupe avaient suivi de loin notre exploration. À notre retour, comme on s'en doute, ils voulaient savoir, ils nous harcelèrent. Mais à chacune de leurs questions nous opposions le même sourire silencieux. Doux moments. Qu'y a-t-il de plus chaud, tout au fond de soi, que de partager un secret avec son frère ?

Et c'est le soir, sous la tente, que Tom m'ouvrit quelques fenêtres sur cette langue mystérieuse.

Elle était composée de trente consonnes et de cinq voyelles. Mais une seule voyelle était une lettre à part entière, le « a », ཨ a .

– Les autres voyelles ne sont que des signes. Dessinés au-dessus ou en dessous de la lettre « a », ils en modifient le son.

Le signe ◌ི , appelé guigou, se place au-dessus de ཨ , ainsi se prononce *i* : ཨི .

De même que le chabkyou, ◌ུ , placé en dessous, se prononce *ou* ཨུ .

XX

Des groupes arrivaient de la vallée, d'autres y repartaient.

Chacun avait sa manière d'apprivoiser le peuple des petits signes noirs. Tantôt les visiteurs parvenaient à leurs fins et l'on voyait les accents se poser doucement sur les phrases gelées.

Tantôt, c'était l'échec. Les accents ne voulaient pas des paroles qu'on leur proposait, ou refusaient celles et ceux qui les prononçaient. Le groupe s'en allait bredouille, tête basse, accablé ou furieux. Certains des recalés insultaient, maudissaient les accents. Je vis même un fusil sortir. Un fou tira dans la foule. Par miracle, on n'eut à déplorer que deux blessés : un circonflexe dont l'aile droite fut cassée et un ogonek à qui il fallut retirer cinq plombs du gras de la cuisse.

Durant la semaine passée là-haut, j'aperçus d'innombrables célébrités venues comme nous se faire ou refaire accentuer. Principalement des acteurs, des actrices, des femmes, des hommes politiques. Je garderai secrets leurs noms : j'ai juré la discrétion. Sachez seulement, puisque des photographes les attendaient dans la vallée et les ont mitraillés sans vergogne, que Madonna est venue, et Johnny Depp avec sa Vanessa, et le dictateur Fidel Castro, bien, bien fatigué, et le tsar Vladimir Poutine, toujours en marcel pour montrer qu'il ne craignait pas le froid.

Mais l'immense majorité étaient des inconnus, des amateurs, des gens comme vous et moi, seulement désireux de retrouver un peu de force dans leurs phrases.

Et c'est dans cette multitude d'anonymes que le cinquième jour j'ai cru reconnaître quelqu'un.

J'ai couru vers Tom.

– Je deviens folle ou quoi ?

– Tu es déjà folle. Qu'est-ce que ça changerait ?

– S'il te plaît !

Il a bien voulu tourner les yeux dans la direction que je lui indiquais.

– Mon Dieu !

Il m'a serré le bras si fort, je me demande comment il ne l'a pas coupé. Je vous jure que j'ai regardé par terre : je croyais que ma main était tombée. J'ai relevé lentement les yeux.

Devant nous, un homme et une femme se souriaient. Ils appartenaient à deux groupes différents. Ils n'avaient pas fait l'ascension ensemble. Mais leur sourire avait la même, exactement la même couleur pâle. Et de ce même sourire pâle sortirent deux mêmes phrases, deux phrases exactement jumelles.

– *Tu m'as manque, si tu savais*, dit cette femme qui ressemblait tant à notre mère.

– *Tu m'as manque, si tu savais*, dit cet homme qui ressemblait tant à notre père.

Deux phrases à peine prononcées qu'aussitôt gelées.

Deux fois sept mots semblables, deux fois sept mots gelés qui se tenaient dans l'air, immobiles, et qui semblaient fragiles, si fragiles…

Tout contre mon oreille, je sentais les lèvres de Thomas. Sa voix chuchotée vibrait d'émotion.

– Ils se manquent, tu entends ? Nos parents se manquent.

– J'entends.

– Manchots…

– Pardon ?

– L'un sans l'autre, cet homme et cette femme sont des manchots.

– Des pingouins du Sud ?

– Imbécile ! Des humains qui ont perdu un bras. Le verbe *manquer* vient de l'italien *mancare*, qui, lui-même, vient du latin *mancus*, « estropié, manchot ».

– Comment sais-tu tout cela ?

– Devine.

Ils ne nous avaient toujours pas vus. Ils n'avaient d'yeux que pour leurs phrases jumelles et gelées.

Qu'attendaient donc les accents ? S'ils tardaient trop, les phrases allaient fondre et nos parents redescendraient bredouilles de la montagne, chacun emprisonné dans son amour inutile.

– On ne peut pas les appeler ?

– Qui ça ?

– Les accents.

– Tu n'y penses pas !

– Deux accents aigus, nos parents n'ont besoin que de deux accents aigus ! *Manqué* au lieu de *manque*. Ils pourraient faire ça pour nous, quand même !

Mais, peine perdue, aucun accent aigu n'est venu. Alors l'homme qui ressemblait tant à notre père et la femme qui avait tant de traits communs avec notre mère sont redescendus dans la vallée, chacun de son côté.

XXI

Je n'arrivais pas à dormir.

Je ne sais pas vous, mais moi, lorsque l'insomnie s'installe dans ma tête, je tente de lui parler :

– Pourquoi viens-tu m'embêter, sale sorcière ? Qui t'a invitée ?

Généralement, elle accepte de me répondre. On la déteste tellement, l'insomnie, qu'elle est flattée quand quelqu'un a la politesse de s'adresser à elle.

Alors elle répond, l'insomnie. Enfin, elle essaie.

– Tu te trompes de coupable, Jeanne ! Ce n'est pas moi qui t'empêche de dormir mais ton estomac. Pourquoi as-tu repris trois fois du tiramisu ?

Ou :

– Jeanne, j'aimerais que nous parlions sérieusement de ton avenir. Veux-tu devenir infirmière ou cosmonaute ? Ce n'est pas la même chose, Jeanne. Es-tu bonne en maths, d'abord ?

Mais cette nuit-là, notre dernière nuit en altitude, silence. J'avais beau l'interroger, mon insomnie se taisait. Peut-être ne supportait-elle pas le manque d'oxygène ?

J'avais chaud, malgré le froid de l'air (en fermant la tente, Tom avait annoncé fièrement moins vingt-trois degrés!). C'était une chaleur inconnue, une sorte de fièvre, très douce. Une marée qui montait et qui ne demandait qu'à m'emporter.

– Que m'arrive-t-il ?

Voilà pourquoi j'avais allumé ma chère frontale, l'amie inséparable, la plus utile des compagnes de voyage, celle qui permet de lire partout, celle qui, en toutes circonstances, vous protège de l'ennui et de la solitude.

J'ai cru d'abord que c'était une petite bête noire, là, au creux de mon poignet. Et puis je me suis dit qu'il devait s'agir d'un tatouage.

*
* *

Je relevai lentement ma manche. J'avais raison de redouter : le tatouage continuait. J'avais des accents qui me remontaient tout le long du bras ! Je ne pouvais quand même pas me déshabiller à côté de mon frère, mais quelque chose me disait que mon corps entier était atteint. D'où, sans aucun doute, cette sensation de feu, de la pointe de mes cheveux à la plante de mes pieds. Qui avait bien pu me tatouer ainsi, sans que je m'en rende compte ? Ça fait mal, d'habitude, un tatouage.

Affolée, je réveillai Tom. Si on peut qualifier d'«éveillé» quelqu'un qui grogne : «Quoi, encore ?», se retourne et se rendort.

La toile de tente s'éclaircissait, signe que le jour revenait. Contre l'angoisse, j'ai quelques recettes, je vous les donnerai. La première recette, c'est d'aller saluer le soleil.

Je sortis.

Une boule jaune montait lentement au-dessus des montagnes, comme un ballon géant que quelqu'un aurait lancé d'un terrain de jeu lointain, là-bas, tout en bas, de la plaine. Je n'étais pas la seule à m'être levée si tôt. Des enfants traînaient des sacs plastique en haut des pentes, s'en emmaillotaient soigneusement les fesses puis se laissaient glisser. Leurs rires résonnaient contre les montagnes. Je m'avançai, les engueulai : ils allaient déclencher une avalanche. Ils gloussèrent de plus belle :

– Oh, l'amoureuse ! Elle est amoureuse !

Et ils se mirent à me tourner autour comme des Indiens sioux avant un sacrifice.

Je me débarrassai comme je pus de ces odieux gamins.

À l'autre extrémité de notre plateau de neige marchait quelqu'un de beaucoup plus calme, un homme entre deux âges. Il semblait préoccupé. En m'approchant pour le saluer, je m'aperçus qu'il avait sur le visage les mêmes marques que moi.

– Vous vous êtes vu, monsieur ? Nous sommes pareils. Que nous arrive-t-il ?

– Vous, je ne sais pas. Moi, je suis écrivain.

– Et alors ? Pourquoi tous ces accents sur votre peau ?

– Je porte une histoire en moi, depuis des années, Jeanne, une bien belle histoire, je crois. Mais j'ai du mal, si vous saviez, tant de mal à la sortir de ma tête. Alors les accents viennent à mon secours. Tout comme ils sont venus vous aider, Jeanne.

– Je ne comprends pas.

– Une histoire qu'on n'arrive pas à raconter ressemble à un amour qu'on n'ose pas s'avouer.

– Vous voulez dire que… sans le savoir… je suis, enfin, comme le crient les enfants, amoureuse ?

C'est alors, et alors seulement, qu'un peu d'intelligence me vint : le policier électronique, l'ange gardien de la ville de Brest, le géant qui sentait si bon et connaissait tant d'histoires ne m'avait jamais quittée. Sans cesse, à chaque pas de la montée, j'avais pensé à lui. Et chaque heure qui avait passé m'avait semblé plus vide puisqu'elle passait sans lui.

– Monsieur, les accents, au fond, à quoi servent-ils ?

– Ils nous réveillent, Jeanne, ils vont chercher en nous ce que nous avons de plus fort, ils accentuent nos vies. Comme leur nom l'indique, ils *accentuent*. Vous m'accompagnez un peu ? Du promontoire, on pourra voir la vallée. Je me trompe ou c'est là qu'il habite, votre amour ? Vous n'avez pas envie de lui faire un petit salut ?

– Oh, nous sommes trop loin, trop haut, il ne nous verra pas.

– Qui sait ?

REMERCIEMENTS

Merci à mes deux grammairiennes,
ô si savantes et vigilantes :
Danielle Leeman et Carine Marret.

Merci à mes jeunes lecteurs
(futurs savants et déjà impitoyables) :
Inès, Paul, Nicolas, Vincent, Hugo.

Et merci encore et toujours
aux deux fées du manuscrit :
Liliane Rodde et Charlotte Brossier.

Erik Orsenna
dans Le Livre de Poche

Les Chevaliers du Subjonctif   n°30536

Il y a ceux qui veulent gendarmer le langage et le mettre à leur botte. Et puis il y a ceux qui ne l'entendent pas de cette oreille, comme Jeanne et Thomas, bientôt traqués par la police comme de dangereux opposants… Leur fuite les conduira sur l'île du Subjonctif. Une île de rebelles et d'insoumis. Car le subjonctif est le mode du désir, de l'attente, de l'imaginaire. Du monde tel qu'il devrait être…

Dernières nouvelles des oiseaux   n°30773

Ce soir-là, le président présidait une remise de prix au lycée de H. Dès le cinquième très bon élève, il bâilla. L'idée arriva dans son cerveau et commença de germer. Une idée simple, scandaleuse : pourquoi ne pas couronner d'autres enfants, des talents cachés, des passionnés qui explorent sans relâche, qui ne supportent que la liberté, que les devoirs qu'ils se donnent eux-mêmes ?

Deux étés   n°14484

Une île au large de la Bretagne. Un jour arrive Gilles, qui a accepté une mission impossible : traduire en français *Ada ou l'Ardeur*, le chef-d'œuvre de Vladimir Nabokov. Impatience de l'éditeur, pressions d'un écrivain génial et insupportable… Ce sont finalement les voisins, les amis de passage, qui, sous l'impulsion d'une dame attendrie, vont entreprendre de venir en aide au malheureux traducteur

La grammaire est une chanson douce   n°14910

«Elle était là, immobile sur son lit, la petite phrase bien connue, trop connue : Je t'aime. Trois mots maigres et pâles, si pâles. Les sept lettres ressortaient à peine sur la blancheur des draps. Il me sembla qu'elle nous souriait, la petite phrase. Il me sembla qu'elle nous parlait : – Je suis un peu fatiguée. Il paraît que j'ai trop travaillé. Il faut que je me repose… »

Histoire du monde en neuf guitares   n°15573

Tout commence dans la boutique d'un luthier, avec l'arrivée d'un jeune homme désireux de vendre une guitare. L'artisan va le dissuader et lui conseille d'apprendre d'abord à mieux connaître cet instrument magique… C'est le début d'un long voyage parmi les siècles et les civilisations. Car la guitare est presque aussi vieille que l'homme.

Longtemps n°14667

Il était une fois Gabriel, un homme marié et fidèle. Pour
fuir les tentations, il se consacrait exclusivement à son métier de paix et de racines : les jardins. Par un jour de grand
froid, une passion arrive à notre Gabriel. Elle s'appelle
Élisabeth, c'est la plus belle femme du monde.

Madame Bâ n°30303

Pour retrouver son petit-fils préféré qui a disparu en France,
avalé par l'ogre du football, Madame Bâ Marguerite, née
en 1947 au Mali, sur les bords du fleuve Sénégal, présente
une demande de visa. Une à une, elle répond scrupuleuse-
ment à toutes les questions posées par le formulaire officiel
13-0021. Et elle raconte alors l'enfance au bord du fleuve,
l'amour que lui portait son père, l'apprentissage au contact
des oiseaux, sa passion somptueuse et douloureuse pour son
trop beau mari peul, ses huit enfants et cette étrange « maladie de la boussole » qui les frappe…

Voyage aux pays du coton n°30856

Depuis des années, quelque chose me disait qu'en suivant
les chemins du coton, de l'agriculture à l'industrie textile
en passant par la biochimie, […] je comprendrais mieux
ma planète. Les résultats de la longue enquête ont dépassé
mes espérances. Pour comprendre les mondialisations,
celles d'hier et celle d'aujourd'hui, rien ne vaut l'examen
d'un morceau de tissu.

Avec Isabelle AUTISSIER

Salut au Grand Sud   n°30853

Antarctique. La terre la plus australe et la plus mystérieuse, grande comme vingt-six fois la France. Antarctique.
Un continent longtemps protégé de la curiosité des hommes par la brume, les tempêtes, les courants et les glaces.
Antarctique.

Grand amour,
roman, Éditions du Seuil, 1993 ; coll. « Points ».

Mésaventures du Paradis,
*mélodie cubaine, photographies de Bernard Matussière,
Éditions du Seuil, 1996.*

Histoire du monde en neuf guitares,
*accompagné par Thierry Arnoult, roman, Fayard, 1996 ;
Le Livre de Poche.*

Deux étés,
roman, Fayard, 1997 ; Le Livre de Poche.

Longtemps,
roman, Fayard, 1998 ; Le Livre de Poche.

Portrait d'un homme heureux, André Le Nôtre,
Fayard, 2000 ; Folio.

La grammaire est une chanson douce,
Stock, 2001 ; Le Livre de Poche.

Madame Bâ,
roman, Fayard/Stock, 2003 ; Le Livre de Poche.

Les Chevaliers du Subjonctif,
Stock, 2004 ; Le Livre de Poche.

Portrait du gulf stream,
Éditions du Seuil, 2005 ; coll. « Points ».

Dernières nouvelles des oiseaux,
Stock, 2005 ; Le Livre de Poche.

Voyage aux pays du coton,
Fayard, 2006 ; Le Livre de Poche.

Salut au Grand Sud,
en collaboration avec Isabelle Autissier,
Stock, 2006 ; Le Livre de Poche.

La Chanson de Charles Quint,
Stock, 2008.

Achevé d'imprimer en août 2008 en Espagne par Gráficas Estella, S.A.
Dépôt légal 1re publication : août 2008
LIBRAIRIE GÉNÉRALE FRANÇAISE - 31 rue de Fleurus - 75278 Paris cedex 06